UN FUOCO INESAURIBILE

Il Fuoco della Passione

J.H. CROIX

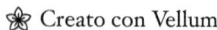 Creato con Vellum

Capitolo Uno

LEVI

"Dov'è Lucy?" domandai.

Amelia Masters sospirò. "Te l'ho appena detto. È sul..."

Le sue parole vennero interrotte da un'altra voce.

"Oh, per la miseria, sono bloccata qua sopra."

Sollevai lo sguardo e scorsi dei capelli biondi oltre il bordo del tetto.

"Lucy è sul tetto?" chiese Cade Masters alle mie spalle, avvicinandosi.

"Sì! Sono qui sopra. Ma quanto è difficile da capire?" urlò Lucy da lassù.

Mi voltai di nuovo verso Amelia. Lucy Caldwell era la sua migliore amica e lavoravano insieme alla Kick A** Costruzioni, la loro impresa edile.

Io e Cade eravamo pompieri hotshot a Willow Brook, un paesino dell'Alaska. Quel giorno Amelia, sua moglie, l'aveva chiamato per risolvere un problema, senza passare per il numero delle emergenze. Dal tono di voce di Lucy, era sicuramente furiosa. Conoscendola, sapevo che detestava farsi aiutare dagli altri e non avrebbe apprezzato se ci fossimo precipitati lì con tutta la squadra.

"Spiegatemi la situazione, grazie," disse piattamente Cade.

"Stavamo installando le travi del tetto per il soffitto a cattedrale. Lucy è rimasta intrappolata quando una delle travi è caduta sulla scala e l'ha spezzata." Amelia fece una pausa e ci guardò con occhi pieni di preoccupazione. "E secondo me si è fatta pure male. La trave ha colpito un travetto che si è rovesciato e l'ha colpita. Ma la conoscete. Mi ha detto di non assillarla e di non preoccuparmi."

"Ah, ecco perché ci hai detto di portare una scala," commentò Cade, e la confusione lasciò il suo sguardo.

"Eh, sì. Perché avete portato la gru a cestello?" domandò Amelia, lanciando un'occhiata al veicolo con cui eravamo arrivati.

Di comune accordo, io e Cade avevamo deciso di prendere il camion con il braccio estendibile e la cucchiaia in caso potesse essercene bisogno.

"Non conoscendo le condizioni di salute di Lucy," mi intromisi, "abbiamo optato per un metodo più sicuro. Ci hai detto soltanto che non riusciva a scendere dall'impalcatura."

"Di che diavolo state parlando?" gridò Lucy dal tetto.

Voltai l'angolo della casa in costruzione e sollevai lo sguardo. Lucy era appollaiata su un'impalcatura, i capelli biondi che spiccavano sull'azzurro del cielo.

"Come va?" le domandai.

"Starò molto meglio quando mi tirerete giù di qui," rispose.

Perfino a tutti quei metri di altezza, il suo disappunto era palpabile. Proprio non mi sopportava. Da lì sotto vedevo che si stava reggendo un braccio.

tare che l'avessi salvata da una caduta di quasi sei metri, evitando che la sua testardaggine la ammazzasse.

"Non devi ringraziarmi, è il mio lavoro," risposi facendole l'occhiolino.

Strinse gli occhi infastidita. Per un qualche motivo sconosciuto, quella donna aveva un effetto incredibile su di me. Certo, aveva appena rischiato di perdere la vita per una sciocchezza, ma ora che era al sicuro tra le mie braccia la tentazione di darle noia era troppo forte. Con un calcio, mi conficcò il piede nella coscia.

"Ok, ora puoi mettermi giù. Il salvataggio è riuscito," disse con una risatina.

Esitai. Non eravamo mai stati così vicini e non ero ancora pronto a lasciarla andare. Mi colpì di nuovo la coscia.

"Sul serio, Levi, puoi mettermi giù," insistette, turbata dalla situazione.

Obbedii con riluttanza, facendo particolare attenzione al braccio infortunato. Quando la lasciai andare, feci un passo indietro e la guardai.

"Non ha senso mentire. Come va il braccio?" le domandai.

Proprio in quel momento la voce di Amelia risuonò nell'aria. "Come sta Lucy?"

Lucy sospirò e alzò gli occhi al cielo. "Oh, santo cielo. Guarda che riesco ancora a parlare, eh. Sto bene!"

"Ehi, non incazzarti con me," replicò Amelia. "Sei quasi caduta, certo che ci preoccupiamo."

Mi sporsi dal bordo. "Adesso è al sicuro," urlai, alzando il pollice verso Amelia. "Cade, ci porti giù?"

Mi voltai di nuovo verso Lucy, mentre Cade iniziava ad abbassare il braccio estendibile."

"Quindi? Il braccio?"

Incrociò il mio sguardo ed emise un sospiro elaborato. "Mi sa che si è fratturato."

Per un istante dimenticai di avere davanti Lucy, l'incarnazione stessa della suscettibilità. Senza pensarci troppo, mi avvicinai e feci scivolare le mani sul braccio per distenderlo con cautela. Il mio addestramento includeva anche il soccorso medico, quindi ero preparato a emergenze simili. Toccando l'avambraccio non sentii nessun osso fratturato, ma aveva già incominciato a gonfiarsi. Era così minuta. Non mi arrivava nemmeno al mento. Avrei quasi potuto stringerle entrambi i polsi con una mano sola.

"Non sembra rotto, ma potrebbe essere una brutta contusione. Si sta gonfiando qui, sul radio," mormorai, sfiorandole la pelle.

Quando sollevai lo sguardo, trovai i suoi meravigliosi occhi azzurri a pochi centimetri da me. Le studiai attentamente il volto, ammirandone i lineamenti delicati: il naso incurvato leggermente all'insù, gli zigomi alti, l'elegante arco delle sopracciglia e le labbra carnose e rosa, dalla perfetta forma ad arco di cupido e ornate da una fossetta al centro del labbro inferiore. Una macchia di terra cozzava con la purezza del suo splendido viso.

Posai lo sguardo sulla vena frenetica sotto la delicata pelle del collo. Il mio pene e il mio corpo reagirono di conseguenza.

Sollevai di nuovo lo sguardo. Non era il momento per fantasticare.

Mi aspettavo che provasse a spingermi via, nonostante lo spazio ristretto. Eppure, non lo fece.

Increspò le labbra e sospirò. "Beh, fa male."

Non ricordavo neanche ciò che avevo appena detto, ma la sensazione del suo braccio tra le mani mi riportò alla realtà.

"Amelia ci ha riferito che sei stata colpita da un travetto."

Lucy annuì. "Sì, è stato buttato giù dalla trave che è caduta. Quando si è girato mi è finito addosso."

La sentii muoversi nella mia presa. "Posso riavere il mio braccio?"

Anche se a malincuore, la lasciai andare. Lucy per me era sempre stata una scommessa che avevo tutte le intenzioni di vincere. Non sarebbe certo stato facile, con quella sua lingua tagliente, i modi scorbutici e l'assoluto disinteresse nelle relazioni sentimentali. Ma era bellissima, così bella da togliermi il fiato.

Per fortuna, o forse anche no, il cestello vacillò quando toccò terra, distogliendo la mia attenzione da Lucy. Amelia si fiondò da noi e Lucy provò a scavalcare per uscire.

"Stai bene? Oddio, non ci posso credere che..."

"Sto bene, non vedi che..."

Si stavano parlando una sull'altra. Nel frattempo, afferrai il braccio sano di Lucy. "Fai piano. È meglio se non ti sforzi troppo."

Lucy si voltò verso di me, fulminandomi con lo sguardo. "Ce la..."

Amelia la interruppe. "Non essere stupida. Fatti aiutare da Levi," le ordinò.

Amelia era possibilmente ancora più autoritaria di Lucy. Alta un metro e ottanta, era tosta come pochi. Anche lei bellissima, con i capelli e gli occhi color dell'ambra, le gambe lunghe e le curve nei punti giusti. L'avevo sempre vista come una sorella e mai niente di più. E per fortuna, aggiungerei, altrimenti Cade mi avrebbe fatto fuori senza pensarci due volte.

Dopo aver finito di operare il braccio estendibile, si materializzò accanto a sua moglie. Per chiudere la discussione con Lucy, scavalcai il cestello e la afferrai come prima, sollevandola verso di me.

I nostri occhi si incrociarono. Per un istante tutto il resto sparì. C'eravamo soltanto noi due, il suo corpo caldo e rilassato tra le mie braccia. La tentazione di far scivolare la lingua sulla delicata pelle del suo collo era talmente forte che dovetti digrignare i denti per trattenermi.

Amelia mi riportò violentemente alla realtà. Voleva sapere le condizioni del braccio di Lucy, quindi la misi a terra e feci un passo indietro.

"Deve farsi controllare da un medico," dissi, con voce roca.

Lucy mi guardò di nuovo e l'aria si caricò di elettricità in un istante, facendomi fremere di desiderio.

"D'accordo, andiamo," annunciò Amelia.

Trascinò via Lucy e dopo un po' si rigirò verso di noi.

"Di' a tuo padre che non me ne frega niente dei limiti di velocità. Devo portarla subito all'ospedale."

Cade rise, incrociando il mio sguardo. "Pensa davvero che le accorderebbe un permesso speciale per guidare come una spericolata?"

"Beh, in fondo tuo padre è il capo della polizia."

Tornammo al nostro camion per rientrare in caserma. Ero inquieto e seccato. Avrei dovuto portarla io all'ospedale. Ma era un pensiero assurdo. Certo, le andavo dietro da fin troppo tempo, ma quell'impellente bisogno di proteggerla mi era nuovo.

Prima che potessimo arrivare a destinazione la centrale ci inviò fuori città, dove passammo il resto della giornata a domare un incendio.

Capitolo Due

LEVI

All'una di notte ero finalmente in caserma, dove non era rimasto più nessun altro. Mi spogliai e mi feci una doccia. Dopodiché controllai che tutte le porte fossero chiuse, ma prima di uscire sentii una voce provenire dall'ingresso.

Quando arrivai al banco dell'accoglienza vidi Lucy in sala d'attesa. Sicuramente si era fatta una doccia, perché aveva i capelli umidi e indossava una maglietta pulita sopra dei pantaloni di cotone. Il braccio infortunato era avvolto da una fascia a tracolla.

Vederla in abiti normali era un'occasione più unica che rara. Nonostante sembrasse una principessa, era una delle donne più toste che conoscessi. Avevo una cotta per lei ormai da anni, da quando mi ero trasferito a Willow Brook dopo le superiori. Come mi aveva ignorato allora, continuava a farlo. Non avevamo mai passato così tanto tempo da soli insieme come quel giorno, durante il salvataggio.

Aprii la porta della sala d'attesa. "Ehi, Lucy. Che ci fai qui?"

Si girò a guardarmi. "Mi ha fatta entrare Maisie, dicendomi che potevo aspettare qui," rispose, riferendosi alla nostra centralinista. "Volevo solo ringraziarti."

Di solito Maisie non lavorava fino a tardi. Ma quella notte Beck, il suo fidanzato, era stato inviato insieme a noi sul luogo dell'incendio.

Vederla lì fu totalmente inaspettato. Per lei gli uomini erano fastidiosi come gomme da masticare sotto la suola delle scarpe, quindi li trattava di conseguenza. Me compreso. Si alzò e mi avvicinai. Sentii il mio corpo irrigidirsi, ma ormai ci avevo fatto l'abitudine. Reagiva sempre così in presenza di Lucy. Rimase in silenzio, le guance due pomodori rossi. Di solito, quando non mi ignorava passavamo il tempo a bisticciare. Ma in quel momento non sembrava neanche lei. Ero assolutamente strabiliato.

Non sarà stata più alta di un metro e cinquanta. Aveva il fisico slanciato, ma formoso. Per quanto provasse a nascondere le sue curve sotto vestiti oversize e tute da lavoro, era impossibile non notarle. O almeno per me.

Quella donna era un groviglio di contraddizioni, che mi avevano affascinato sin dal primo momento. Era un'elettricista e un'imprenditrice edile con i controcazzi. Avrebbe potuto lavorare con qualsiasi impresa, ma aveva deciso di offrire il suo talento ad Amelia, unendosi alla sua piccola attività. In città erano ricercatissime perché tutti apprezzavano i progetti di alto livello di Amelia e la loro precisione. Non avevano alcuna intenzione di ampliare l'attività e ogni estate rifiutavano più progetti di quanti ne accettassero. Lucy si sentiva a suo agio con i suoi soliti jeans consumati, una maglietta e gli scarponi in pelle.

Il suo aspetto fisico — carnagione chiara, capelli

biondi e occhi azzurri — non rispecchiava la sua personalità. A prima vista sembrava una ragazza molto dolce, di una bellezza angelica. Aveva un nasino impertinente all'insù, zigomi alti e delicati, sopracciglia dall'arco perfetto, e gli occhi azzurri erano bordati da folte ciglia bionde. Ciliegina sulla torta, le labbra piene e carnose. Cazzo. Non avrei dovuto fissarla in quel modo. Una fitta di desiderio mi attraversò l'inguine.

Lucy mi stava guardando con una certa apprensione negli occhi. La sentii deglutire nervosamente nel silenzio che ci circondava.

"Beh, tutto qui," disse poi.

"Tutto qui cosa?"

"Questo," disse, agiando una mano per aria. "Sono passata solo a ringraziarti."

Nervosa come non mai, distolse per un istante lo sguardo. Quella donna suscitava in me un profondo istinto di protezione. Ma perché mi faceva quell'effetto? Non era soltanto attrazione fisica — e cazzo, quanto la desideravo. Ma odiavo vederla così. Per qualche motivo, sentivo il bisogno di proteggerla. Avere una conversazione normale con lei era così raro che non sapevo cosa farmene di quei sentimenti che mi stavano travolgendo.

"Non devi ringraziarmi, Lucy. È il mio lavoro," affermai.

Annuì, giocherellando con un anello al dito. "Lo so, ma sentivo di doverlo fare."

Rimase in silenzio e prese tra i denti il labbro inferiore, iniziando a mordicchiarlo. Sentii il pene indurirsi e provai a fermarlo, ma non mi diede retta. Il modo in cui Lucy continuava a mordersi il labbro era irresistibile. Dovevo darmi un contegno.

Annuii di nuovo, cercando di concentrarmi solo

sulla conversazione. "Figurati." Indicai il braccio, avvolto da una fasciatura blu. "Come va il braccio?"

"Oh, tutto bene. Non si è rotto, ma secondo il dottore l'osso potrebbe aver preso una bella botta. Non mi hanno nemmeno messo il gesso. Sarà un casino lavorare in queste condizioni, ma troverò una soluzione."

"Mi fa piacere."

Si girò per andarsene.

"Non uscire da quella parte," le dissi di getto. "Non ho la chiave per chiudere questa porta. Ho solo quella del retro. Vieni con me."

Si voltò di nuovo verso di me e realizzai che aveva i capelli sciolti. Era un'occasione rara, perché di solito erano nascosti sotto un berretto o raccolti in una coda di cavallo. Non sapevo nemmeno fossero così lunghi. Le ciocche dorate le ricadevano in onde umide sulle spalle, arrivando fino a metà schiena. Era mozzafiato.

Annuì, le guance ancora arrossate, e mi seguì sul retro. Arrivammo alla porta del garage e la tenni aperta per lei. Passandomi accanto, si strofinò inavvertitamente contro di me e una scarica di elettricità mi investì. Feci un respiro profondo per calmare i bollenti spiriti e poi la seguii fuori, chiudendoci la porta alle spalle.

Cercai il suo pick-up blu nel parcheggio. Non trovandolo da nessuna parte, la guardai. "Dov'è il tuo pick-up?"

Si strinse nelle spalle. "In officina."

"Ti serve un passaggio a casa?"

Fece un respiro profondo e sospirò, per poi distogliere lo sguardo. Fece spallucce. Quando mi guardò di nuovo, notai le guance arrossate.

"No, grazie." Fece una pausa prima di continuare.

"Ho mandato a quel paese il proprietario," disse senza giri di parole, con una risata.

Nonostante fosse totalmente inaspettato, scoppiai a ridere. Quella donna ne aveva di coraggio.

"E perché cavolo l'avresti fatto?"

Non mi capitava spesso di vederla ridere. Aveva una risata roca e gutturale, che arrivò dritta tra le mie gambe. Quando si calmò, fece spallucce.

"È un vero stronzo e vuole raddoppiare l'affitto per l'anno prossimo. Potrei anche permettermelo, ma mi ha fatto davvero incazzare. Troverò una soluzione, ma nel frattempo pensavo di stare da amici."

Quella semplice domanda sul suo pick-up aveva dato inizio a una conversazione vera e propria. "Mi sa che è un po' tardi per chiedere ospitalità a qualcuno."

Sollevò leggermente una delle esili spalle. "Chiamo Amelia."

Nemmeno io riuscii a credere alle parole che mi uscirono dalla bocca.

"Puoi restare da me."

Giuro, non le stavo proponendo di dormire *con* me. Lo sapevo che tanto non avrebbe mai accettato. Però mi era venuto naturale, avrei fatto la stessa offerta a uno qualunque dei miei amici. Mi ero scavato la fossa da solo. Non avrei mai saputo resistere con lei in casa mia.

Rimase a bocca aperta per lo shock. La richiuse e mi fulminò con lo sguardo.

"Non ho bisogno del tuo aiuto," rispose in tutta fretta. "Adesso chiamo Amelia e le chiedo se posso stare da lei. Poi passerà a prendermi."

Non potevo crederci. Come poteva pretendere di chiamarla nel cuore della notte?

"Ancora non gliel'hai chiesto?" domandai.

Lucy scosse la testa. Probabilmente si era ricordata

solo all'ultimo momento della sua situazione. Oppure, come al solito, la sua testardaggine aveva preso il sopravvento. Era comunque troppo tardi per chiamare Amelia, che tra l'altro viveva a venti minuti da lì.

"Lucy, resta da me almeno per stasera, ok?"

Mi guardò scettica, ma alla fine annuì.

Capitolo Tre

LUCY

Ero seduta nell'auto di Levi Phillips, attanagliata dall'ansia. Perché accidenti avevo accettato di passare la notte da lui? Però in fondo era troppo tardi per chiamare qualcun altro. Non volevo disturbare Amelia a quell'ora e trovare un modo per raggiungere casa sua, visto che viveva a venti minuti dalla caserma. Come una stupida, mi ero dimenticata di parlargliene prima.

Era stata una settimana di merda. Avevo dovuto mettere da parte il mio orgoglio — cosa non da poco — prima di passare alla caserma a ringraziare Levi per avermi soccorsa qualche ora prima. Avevo passato la serata in ospedale per farmi visitare il braccio e, tornata a casa, dopo un'animata discussione con il proprietario avevamo chiuso definitivamente il contratto d'affitto, che scadeva proprio quel giorno. Bel modo per concludere una settimana da incubo.

Restai in silenzio, cercando di calmare i miei spiriti. Odiavo farmi aiutare dagli altri, ma purtroppo mi ero ritrovata di punto in bianco senza un tetto sopra la testa. Non ero ancora riuscita a trovare una soluzione e non volevo disturbare Amelia e Cade.

Spostai lo sguardo fuori dal finestrino. La luna brillava alta nel cielo, gettando un alone argentato sulla catena montuosa in lontananza. L'enorme lago di Swan, la punta di diamante di Willow Brook, si estendeva oltre il bordo della strada. Il nome del paesino derivava da un ruscello (*brook*) che serpeggiava dai monti fino al lago di Swan. Il fondatore aveva seguito il corso di tale ruscello fino al lago, scegliendo dunque quel nome.

La superficie del lago luccicava al chiaro di luna, riflettendo le luci dei capanni di pesca e di caccia nelle sue scure acque. Levi prese la superstrada per uscire dal centro di Willow Brook. Per fortuna non sembrava disturbato dal silenzio.

Ero curiosa di sapere dove vivesse. Ne avevo una vaga idea, ma non c'ero mai stata. Willow Brook era un piccolo paesino dell'Alaska che d'estate brulicava di turisti. Era il posto perfetto per la caccia e la pesca, fare escursioni e molte altre attività all'aperto. A soltanto mezz'ora da Anchorage, si trovava nel bel mezzo della natura, tra le foreste e con una vista mozzafiato sul monte Denali. A un passo dai monti e dall'oceano, offriva diverse opportunità di svago ai turisti. Il centro di Willow Brook era incantevole. Antica cittadina mineraria, si era trasformata in un paesino vivace pieno di negozi e ristorantini per soddisfare i bisogni dei visitatori. I suoi abitanti potevano godere dei benefici di un piccolo borgo, ma con i soldi di una grande città.

Essendo in pochi, tutti avevano almeno una vaga idea di dove abitassero gli altri. Per quanto riguarda Levi, sapevo soltanto che viveva a ovest rispetto al centro. Mentre guidava al chiaro di luna, mi rimproverai mentalmente per aver accettato il suo invito. Stargli così vicina mi rendeva nervosa e inquieta, mi scatenava un fuoco dentro che non sapevo come controllare. Qualche mese prima, Levi aveva provato in tutti i modi a portarmi fuori a cena. Un rifiuto dopo l'altro l'avevano finalmente convinto a rinunciarci. Quell'uomo proprio non lo sopportavo. Forse perché era sensuale come il peccato. O almeno, il mio corpo la pensava così. Per quanto la mia mente potesse non essere d'accordo, ogni volta che lo vedevo venivo immancabilmente travolta da una vampata di calore. Quanto odiavo perdere il controllo in quel modo.

Pericolo, pericolo.

Dovevo stargli il più lontana possibile. Il calore che dilagava ogni volta nel mio basso ventre ne era la prova schiacciante. Ma non era affatto facile, facendo parte della stessa cerchia di amici. Non ero alla ricerca di una storia seria, ma sapevo comunque che a Willow Brook il pettegolezzo era il pane quotidiano e nessuno era capace di farsi gli affari suoi. Proprio non sopportavo il modo in cui cercavano di intromettersi in ogni cosa, nonostante le loro buone intenzioni. Tutti conoscevano tutti.

Ormai stavo "perdendo" un'amica dopo l'altra. Amelia aveva ritrovato Cade, l'amore della sua vita, dopo sette anni di separazione. Ma il suo ritorno l'aveva salvata da un matrimonio ridicolo con un idiota che non amava nemmeno. Non ero certo un'esperta in amore, ma quello che c'era tra lei e Cade era innegabile.

Ma tornando a Levi, quell'uomo era sexy. Sexy da impazzire, letteralmente. Aveva capelli biondo miele e profondi occhi blu. Nemmeno io potevo negare il suo fascino. Ed eccomi lì, nella sua macchina, diretta a casa sua per passare la notte sul suo divano. La ricetta per una *catastrofe*. Speravo avesse iniziato a frequentare qualcuno. Mi ero sforzata di non pensare a lui, quindi avevo evitato qualsiasi pettegolezzo sulla sua vita sentimentale.

Il pensiero mi fece stringere il cuore. Per quanto trovassi fastidiose le sue avances, a una minuscola parte di me piacevano tutte quelle attenzioni. Argh. Mi faceva sentire ridicola.

Dopo qualche minuto provò ad avviare una conversazione parlando del più e del meno — del meteo, dell'incendio fuori città, del mio lavoro. Come qualsiasi persona educata, in fondo. Ma non riuscivo a placare l'ansia e il nervosismo che mi attanagliavano lo stomaco. Evitavo sempre di ritrovarmi da sola con un uomo. Non ero una santa, ma le relazioni non facevano per me. Le mie avventure non erano mai durate più di una notte.

Ritrovarmi tra le braccia di Levi era stato magico, non riuscivo a smettere di pensare a quel momento in cui mi aveva salvata. Una parte di me aveva paura di rimanere zitella a vita. Avevo soltanto ventotto anni, con una lunga vita solitaria davanti. Però rimanere single non era stata una mia scelta. Il passato continuava a tormentarmi, per quanto avessi voluto lasciarmelo alle spalle. Invece, l'avevo chiuso sottochiave in un angolo remoto del mio cuore e della mia mente, lasciandolo lì per sempre.

Nonostante il battito selvaggio del mio cuore e le fastidiose farfalle nello stomaco, riuscii a reggere la conversazione con una certa naturalezza. Svoltò a destra una volta, poi ancora e si fermò in un vialetto circolare. L'estate si era quasi conclusa e in Alaska il sole tramontava molto tardi. All'una e mezzo del mattino l'oscurità era ormai calata, ma la luna quasi piena gettava un bagliore argentato attorno alla casa di Levi. Su un lato c'era un prato con un laghetto e la villetta era adorabile. Sentii il suo sguardo su di me, poi rise.

Mi voltai a guardarlo.

"Che c'è da ridere?" chiesi, cercando di placare il mio cuore frenetico quando incrociai il suo sguardo.

Ma santo cielo, era praticamente impossibile. Aveva degli occhi maledettamente belli, di un profondo blu zaffiro, che ti scrutavano l'anima.

"Come mai quell'aria sorpresa? Non ti aspettavi avessi una bella casa?" chiese, ridendo piano.

Il suo commento mi strappò un sorriso. Non sapevo cosa aspettarmi, ma certamente non quello. Era una villetta circondata da un portico, posizionata in un angolo della proprietà. Sul davanti, una parete in vetro si levava fino al secondo piano. L'esterno era di una tenue tonalità grigia con rifiniture viola, che brillavano al chiaro di luna.

"Non mi aspettavo quel viola," aggiunsi, indicando la casa.

Sfoderò un sorriso e il mio stomaco fece una capriola. "Sì, beh, l'ha scelto mia sorella."

Ricordavo vagamente che avesse una sorella. Non la conoscevo perché non viveva a Willow Brook. Levi scese dal pick-up e, poco dopo, arrivò ad aprirmi la portiera. Mi irrigidii e lo guardai male, infastidita dal gesto.

"Potevo aprirmela da sola, sai."

Rise. "Sì che lo so, per questo sono corso qui. Sinceramente, l'ho fatto solo per darti noia."

Per quanto avrei voluto arrabbiarmi, lo trovai piuttosto divertente. Quell'uomo era senza pudore. Non provava nemmeno a nascondere le sue vere intenzioni. Lo guardai e rimasi senza fiato. Era troppo, troppo bello. Come uno di quei modelli che si trovano nei calendari sexy di pompieri. Aveva lineamenti marcati, quasi regali, e un corpo muscoloso e sodo. Il naso una lama dritta, gli zigomi scolpiti e la mascella inflessibile. Una cicatrice misteriosa gli attraversava la guancia, dandogli un'aria da duro.

Cercai di contenere le mie emozioni per non fargli capire quanto potere aveva su di me. Gli passai accanto per scendere e sentii il calore che emanava il suo corpo. Aveva una presenza molto forte e dominante, ma anche magnetica. Ma la sua forza mi rendeva nervosa, irrequieta. Sarei voluta fuggire come un cerbiatto spaventato, ma riuscii a resistere alla tentazione.

La portiera si chiuse con un tonfo alle mie spalle, nella notte silenziosa. Sentii delle ali svolazzare sopra di noi. Sollevai lo sguardo e vidi un corvo, i riflessi della luna che facevano brillare il piumaggio nero. Feci un respiro profondo, inalando a pieni polmoni gli odori dell'estate — il lieve profumo salmastro dell'oceano trasportato dall'aria fresca si mescolava a quello più intenso della vegetazione.

Seguii Levi sugli scalini che portavano all'ingresso. Quando aprì la porta notai che non l'aveva chiusa a chiave. Ci feci caso perché io invece lo facevo sempre. Entrammo dentro e accese la luce. Mi fermai a guardarmi intorno. Anche gli interni mi lasciarono di stucco, ma probabilmente pure lì c'era lo zampino di sua sorella.

"Che bella," commentai, ammirando l'ambiente.

Ci trovavamo in cucina, separata dal soggiorno da un bancone a forma di L. C'erano mobili di granito dai toni color lavanda, elettrodomestici in acciaio inox e armadietti in legno d'acero. Costruendo case per mestiere, notavo sempre dettagli simili. Gli armadietti sembravano personalizzati e gli erano sicuramente costati una piccola fortuna. Il pavimento piastrellato era color grigio argento, con sfumature lavanda. In soggiorno invece c'era il parquet. Il soffitto era a cattedrale e una stufa a steatite spiccava in un angolo della stanza. Su un lato c'era un divano componibile, davanti a una televisione a muro. Miliardi di stelle brillavano nel cielo notturno fuori dalle finestre, mentre la luna illuminava il prato e il laghetto.

Mi voltai e sollevai lo sguardo. Una balaustra correva su tutti i lati, tranne quello a vetri. Ogni parete aveva una porta, mentre al piano di sotto ce n'era soltanto una, probabilmente quella del bagno. Levi mi passò accanto.

"Andiamo, ti mostro la camera degli ospiti," disse.

"Oh, posso dormire sul divano."

Si fermò e si girò, guardandomi storto.

"No che non dormi sul divano. Ho due camere da letto. Ne avrai una tutta per te, non preoccuparti."

Stranamente, la cosa non mi preoccupava affatto. Aprii la bocca per replicare. Non sopportavo quando un uomo provava a suggerirmi cosa fare, e non mi facevo mai alcun problema a esprimere il mio disappunto. Ma decisi che in quel momento non aveva alcun senso mettermi a discutere, quindi tenni a freno la lingua.

Mi strinsi nelle spalle, imbarazzata. "D'accordo."

I suoi intensi occhi blu mi scrutarono l'anima. Distolsi lo sguardo, sentendomi vulnerabile.

"Ti accompagno di sopra," disse prima di voltarsi di nuovo.

Lo seguii al secondo piano.

"Lì c'è il bagno," commentò, indicando la porta sul retro. "Quella invece è la mia stanza", aggiunse, riferendosi alla porta sulla sinistra. Mi portò dalla parte opposta.

Mi fece entrare in una camera spaziosa dall'arredamento semplice, con un letto e due comodini. I mobili dalle linee moderne erano in legno d'acero. Sul letto c'erano una morbida trapunta color panna e un'alta pila di cuscini. Oltre a qualche decorazione, alle pareti c'erano delle fotografie di paesaggi.

Sentii il suo sguardo e mi voltai verso di lui. Visto che non disse nulla, spezzai il silenzio. "È perfetta, grazie mille. Domani mattina mi levo dai piedi. Chiedo un passaggio ad Amelia e..."

I suoi meravigliosi occhi blu mi guardarono duramente. "Non ha senso che chiami Amelia per farti dare un passaggio."

Sembrava quasi offeso dalle mie parole. Per un attimo mi sentii in colpa, ma non potevo permettergli di dirmi cosa potevo o non potevo fare.

"Se voglio chiamare Amelia per un passaggio, allora lo faccio."

Sbuffai rumorosamente e mi girai dall'altra parte, per allontanarmi.

Levi mi posò una mano sulla spalla per fermarmi. Come un marchio sulla pelle, iniziò a bruciare. Mi venne la pelle d'oca e non riuscii nemmeno a muovermi.

"Domani mattina dimmi dove devi andare e ti ci porto io, d'accordo?"

Il suo tono si addolcì, meno autoritario rispetto a prima. La reazione del mio corpo mi aveva turbata talmente tanto che non riuscii nemmeno a discutere. Ero stanca morta, mi faceva male il braccio e avevo un disperato bisogno di dormire. Non desideravo altro che infilarmi sotto le coperte e dimenticare tutto quanto, soprattutto l'attrazione magnetica verso Levi. Alla fine annuii. "Va bene."

Il suo sguardo incrociò di nuovo il mio e feci fatica a reggerlo. Mi stava guardando dolcemente, come se avesse notato il mio disagio. Mi lasciò andare e uscì dalla stanza.

"Buonanotte," fu l'ultima cosa che sentii prima che chiudesse la porta.

Mi spogliai e scivolai sotto le coperte. Il lenzuolo era gelido, ma la trapunta morbida mi scaldò presto. Non riuscivo a togliermi Levi dalla testa, ma per fortuna il sonno mi trovò subito.

Capitolo Quattro

LUCY

Erano anni che non mi ero svegliata così riposata. Dopo la confusione iniziale, ricordai di essere nella camera degli ospiti di Levi. Dopo quella giornata movimentata era un miracolo che fossi riuscita a dormire così bene. Mi misi su un fianco e guardai fuori dalla finestra, affacciata sul prato davanti alla villetta. Una nebbiolina si stava alzando dall'erba mentre il sole spuntava oltre gli alberi, proiettando i suoi raggi sul paesaggio mattutino.

Feci un bel respiro profondo. Non avevo idea di che ore fossero. Non avevo la borsa, o meglio, non avevo proprio nulla. Avevo lasciato la borsetta nell'auto di Amelia quando mi aveva accompagnata all'ospedale. Sollevai il braccio e mossi delicatamente il polso, ma per fortuna lo sentii solamente indolenzito. Sospirai, rievocando la discussione con il proprietario di casa. Ero rimasta senza un posto dove stare. Non era facile trovare un appartamento libero durante l'estate, proprio quando Willow Brook era invasa dai turisti.

Era così strano pensare che ero stata salvata

proprio da Levi. Per quanto la cosa mi infastidisse, non potevo negare la realtà. Mi domandai per quale motivo avesse smesso di invitarmi fuori a cena, ma mi costrinsi a non pensarci. L'amore non faceva per me. La forte attrazione che provavo per Levi non significava proprio niente. Irrequieta, spostai le coperte e scivolai fuori dal letto. Mi infilai la maglietta e appoggiai l'orecchio alla porta. Era ancora presto, quindi speravo di fare una capatina in bagno.

Non sentendo alcun rumore, aprii lentamente la porta. Notai che quella della stanza di Levi era ancora chiusa. Regnava un silenzio assordante. In punta di piedi, mi precipitai in bagno, chiudendomi subito dentro.

Dopo aver finito tornai silenziosamente in corridoio, ma con mia assoluta sorpresa mi trovai davanti un criceto bianco e marrone. Si fermò a guardarmi, poi saltellò verso di me e mi annusò un piede.

Cooosa? Levi ha un criceto? Wow.

Lo trovai così assurdo che non riuscii a trattenere una risata. Mi chinai per accarezzarlo. Deliziato, sollevò gli occhietti verso di me.

"Ah, vedo che hai conosciuto Cri."

La voce di Levi era resa ancora più profonda e roca dal sonno. Un brivido mi attraversò la schiena. Mi alzai di scatto e mi girai, trovandolo all'angolo della balconata.

Porca miseria.

Non appena posai lo sguardo su di lui, una vampata di calore mi travolse. Quell'uomo avrebbe potuto essere un modello. Che fosse bello lo sapevo già, ma la mia immaginazione non gli aveva assolutamente reso giustizia. Indossava soltanto dei pantaloncini blu scuro che gli ricadevano morbidi sui fianchi. Il petto era come scolpito nel marmo. Ogni muscolo perfettamente delineato. Un fisico del genere avrebbe dovuto essere illegale. Me lo mangiai con gli occhi. Mi si seccò la gola e il cuore iniziò a martellare all'impazzata.

Rimasi ferma immobile, mentre il criceto aveva deciso di salire sul mio piede. Ero talmente scombussolata da essermi perfino dimenticata che indossavo soltanto una maglietta. Santo cielo. Probabilmente chinandomi ad accarezzare il criceto gli avevo offerto una perfetta visuale del mio fondoschiena. Il panico mi assalì. Soltanto un'altra volta in tutta la mia vita mi ero sentita così in imbarazzo.

Rimasi paralizzata a fissarlo, mentre il calore esploso nelle mie parti basse divampava in tutto il corpo. Levi però rimase impassibile. Si avvicinò e si fermò davanti a me. A qualche centimetro.

Oh, quanto avrei voluto toccarlo.

La mia mano agì da sola e scivolò sul suo largo petto. Aveva la pelle calda, con giusto una spolverata di peli. I suoi intensi occhi blu fissarono i miei. L'aria attorno a noi prese vita, carica di elettricità e desiderio.

Era come se non riuscissi a ritrarre la mano, ma il mio passato tornò con prepotenza a tormentarmi, ricordandomi perché mi tenevo alla larga dagli uomini. Ma Levi avvolse la mano sulla mia per tenerla ferma, il suo tocco caldo e forte. Con il pollice mi accarezzò la pelle delicata del polso, facendomi venire la pelle d'oca.

Deglutii nervosamente per dissipare le mie angosce, che per qualche motivo stavano alimentando il desiderio sfrenato che mi pulsava dentro.

"Vieni a berti un caffè," disse.

Non era certo quello che mi aspettavo. Però poi non si mosse, rimase lì impalato con la mia mano nella sua, continuando a passare in modo ipnotico il pollice sul battito frenetico del polso.

"D'accordo," riposi.

Abbassò la mano e mi costrinsi a fare lo stesso. Il suo calore mi mancava già da impazzire.

Le sue labbra si incurvarono in un sorriso. "Ti presento Cri," disse, indicando il criceto.

Cri mi guardava, appoggiato al mio piede. "Ehm, quindi hai un criceto?"

Levi annuì. "Già. Me l'ha portato mia sorella. Secondo lei avevo bisogno di compagnia."

"E lo lasci libero?"

Cercai di concentrarmi sull'argomento perché non riuscivo a controllare le reazioni del mio corpo. La mia femminilità pulsava di desiderio e uno stormo di farfalle mi svolazzava nello stomaco. Avevo bisogno di distrarmi da quelle sensazioni. Però lui era lì, così vicino a me, mezzo nudo e sexy da morire. Non riuscivo a pensare lucidamente, non con il suo petto poderoso davanti agli occhi.

Si strinse nelle spalle, flettendo i muscoli. Cielo, perfino le sue spalle erano incredibilmente sensuali. "Sì, una volta è uscito dalla gabbia ed è andato tutto bene, quindi da quel momento l'ho sempre lasciata aperta. Entra ed esce quando vuole. Comunque, per caso devi andare in bagno?" domandò, avvicinandosi alla porta.

Scossi rapidamente la testa. "No. Già fatto."

E poi corsi via, cercando di allontanarmi il più possibile da lui, sperando con tutta me stessa di riuscire a raffreddare i miei bollenti spiriti.

Capitolo Cinque

LEVI

Spinsi la porta con la spalla ed entrai nel Firehouse, dove venni accolto da un piacevole calore e dal profumo di prelibatezze appena sfornate. Il Firehouse era il cuore di Willow Brook, sulla Main Street. Il locale era ospitato nella vecchia caserma del paese, trasformata in un posticino delizioso. Il garage era diventato la sala ristorante, i portoni delle finestre che si affacciavano sulla Main Street e il lago di Swan — l'attrazione principale della città — in lontananza. Alle pareti c'erano opere d'arte locali. La sala principale contava numerosi tavoli tondi, con il ristorante e il bancone della pasticceria su un lato.

Quel giorno era affollato come sempre. Dalla primavera all'autunno pullulava di turisti, mentre d'inverno era comunque molto frequentato dalla clientela locale. Il bar serviva caffè e dolci da paura per colazione, panini fenomenali per pranzo e per cena un'ottima selezione di piatti deliziosi. Per farla breve, la proprietaria del Firehouse, Janet James, si era spaccata la schiena per elevare quel posto e attirare più clienti possibili.

Willow Brook distava neanche tre quarti d'ora da Anchorage e la sua posizione remota nella natura attirava orde di turisti dalla grande città. Con le fredde acque del lago di Swan al centro del paese offriva una miriade di attività, come la pesca e la caccia. Vari resort, tra cui il Wildlands, godevano di una splendida posizione sulle rive suggestive del lago, spillando ai turisti fior di quattrini.

Era tarda estate, con l'autunno alle porte. Mi guardai intorno e mi misi in fila per ordinare al bancone. Era una bella giornata, quindi il locale brulicava di turisti pronti a partire all'avventura con un caffè da asporto, mentre i tavoli erano occupati dai locali.

Nonostante ce l'avessi messa tutta quella mattina per convincere Lucy a prendere un caffè insieme a me, appena arrivati in centro mi aveva piantato in asso. Avevo preferito non insistere, sicuro che non sarei riuscito a farla cedere.

Quando qualcuno mi toccò la spalla, mi girai e vidi Cade.

"Ehi, bello. Come va?" gli domandai.

Cade sfoderò un sorriso. "Tutto bene. Sono passato per un caffè. Tu?"

"Idem."

"Sicuramente ci manderanno sulla scena dell'incendio di ieri per ripulire la zona," commentò.

"Sicuro. La tua squadra quando parte?" chiesi.

"Mi organizzo quando arrivo in caserma. Prima devo passare da Denali Builders. Ieri notte ci si è rotta la maledetta caldaia."

La fila avanzò e la seguimmo.

"Merda. Non sei riuscito ad aggiustarla?"

Scosse la testa. "No. Le abbiamo provate tutte. Amelia l'aveva comprata di seconda mano, quindi sapevamo che non sarebbe durata molto. Per ripararla vogliono ventimila dollari," disse, scuotendo lentamente la testa.

"Porca miseria," commentai, senza sapere che altro dire.

"Ma senti qui. Amelia ha passato la mattinata a chiamare chiunque le dovesse un favore, ma nessuno aveva una maledetta caldaia in buone condizioni. A quanto pare l'unica alternativa era ordinarne una. Quindi l'ho convinta a ingoiare il rospo e spendere i soldi per comprarne una nuova. Però arriverà fra qualche settimana."

"Per fortuna siamo ancora in estate," commentai.

"È vero, però siamo rimasti senza acqua calda. Come se non bastasse, il serbatoio di acqua calda ha straripato quando si è rotta la caldaia, quindi non immagini il disastro. Amelia vuole rimuovere tutto il parquet e metterne uno nuovo."

"Ehi, se hai bisogno di aiuto io sono qui."

Cade annuì. "Grazie. Posso montarla da solo, dobbiamo solo aspettare che arrivi."

Quando un gruppo di persone davanti a noi finì di ordinare e se ne andò, arrivò il nostro turno. Janet James sollevò lo sguardo e sfoderò uno dei suoi soliti sorrisi contagiosi. Occhi marroni scintillanti, rotondetta e con un cuore d'oro, quella donna era l'anima del locale.

"Buongiorno ragazzi, cosa vi porto?"

"Un caffè," rispondemmo all'unisono.

Janet rise. "Come lo volete?"

"Quello più forte che hai," le dissi.

Spostò lo sguardo su Cade.

"Idem", affermò.

"Volete qualcosa da mangiare?"

"Preparaci una confezione di dolci assortiti,"

aggiunsi. "Così la portiamo in caserma per tutti. Ci aspetta una giornataccia."

Dopo aver pagato per me e Cade, nonostante le sue proteste, ci spostammo dalla fila e Janet si girò per preparare il nostro ordine. Al tintinnio delle campanelle sulla porta mi voltai e vidi Lucy sull'uscio. Il mio corpo si irrigidì subito.

Per chissà quale miracolo, quella mattina ero riuscito a controllarmi quando mi ero ritrovato davanti agli occhi il suo delizioso fondoschiena. Io ci avrei scommesso che sotto quei vestiti larghi nascondesse un corpo da favola. Il suo sedere era sodo come una pesca, coperto da un paio di mutandine rosa in cotone che mai mi sarei aspettato da lei. Per poco non mi era venuto un infarto. Rivederla dopo quell'incidente mi colmò di un desiderio intenso.

Mi ero dovuto concentrare intensamente per placare l'erezione pulsante, sapendo benissimo che quando si fosse voltata l'avrebbe notata subito, visto che indossavo soltanto dei pantaloncini larghi. Quando si era alzata in piedi e si era girata con gli splendidi capelli biondi spettinati e una maglietta che le cadeva sui fianchi, per poco non avevo perso la concentrazione. La maglietta che aveva addosso era oversize, ma il seno premeva contro il tessuto, i capezzoli ben visibili.

E poi, mi aveva appoggiato una mano sul petto. Sembrava sconvolta dal suo gesto tanto quanto me. Troppo perso nei suoi ardenti occhi azzurri, non avevo nemmeno le forze per punzecchiarla come al solito. Mesi prima, quando avevo provato a portarla a cena, avrei detto che tra di noi c'era la scintilla. Era innegabile. Oh, ovviamente farla mia era anche una scommessa personale. Ma c'era molto di più tra noi. Quando stavo con lei l'aria si caricava di elettricità.

Eppure, niente avrebbe mai potuto prepararmi per quel breve e intenso momento di intimità. L'intensità del momento mi aveva quasi soffocato.

Alle spalle di Lucy c'era Amelia, che torreggiava su di lei. Ma la sua presenza era così imponente da cancellare la differenza di altezza. Cade chiamò sua moglie. Quando si girò le fece l'occhiolino, strappandole un sorriso. Ma che coincidenza. Lucy mi aveva scaricato e poi eccola lì, a prendersi un caffè insieme ad Amelia.

"Prendete un tavolo per tutti?" urlò Amelia.

Cade annuì e mi guardò. "Ti dispiace restare ad aspettare i caffè?"

"Affatto."

A quanto pare i nostri programmi erano cambiati. Ma in fondo Cade era succube di Amelia, quindi c'era da aspettarselo. Erano sposati ormai da due anni, ma il suo amore era più forte che mai. Si erano salutati neanche un'ora prima, ma non avrebbe mai rinunciato all'occasione di passare più tempo con lei. E io potevo approfittarne per stare qualche altro minuto con Lucy.

Presi i nostri caffè e mi avvicinai al tavolo che aveva trovato in un angolo. Qualche minuto dopo, arrivarono anche le ragazze. Le osservai, notando la solita espressione guardinga di Lucy. I *sentimenti* non facevano per me. No, preferivo la vita da libertino. Non ero un rubacuori, ma diciamo che passavo da una storia all'altra con molta leggerezza. Ma Lucy era diversa.

Era bella da togliere il fiato. Di quelle bellezze che facevano girare le teste. Provava comunque a nasconderla dietro un carattere da maschiaccio e un'armatura antipatica. Le avevo già messo gli occhi addosso prima che Cade tornasse a Willow Brook — in fondo era impossibile non notarla — e l'avevo trovata distaccata e riservata.

Quando Cade e Amelia avevano ripreso a frequentarsi avevamo iniziato a vederci più spesso. Col tempo iniziai a conoscerla, scoprendo che quell'atteggiamento spinoso non era altro che una facciata. Con i suoi amici era estremamente leale e sempre pronta a dare una mano. Ma teneva le distanze da tutti gli altri, rifugiandosi dietro ad alte mura. Stupidamente, pensavo che il mio fascino sarebbe bastato a farle crollare. Nonostante i suoi rifiuti, dentro di me iniziarono a nascere dei *sentimenti* fino a quel momento sconosciuti. Iniziai a interessarmi sempre di più a lei. Volevo sapere perché fosse così cauta, perché non volesse darmi nemmeno una chance.

Alla fine avevo deciso di rinunciarci. Fino all'incidente del giorno prima.

Amelia arrivò per prima. "Hai trovato qualcosa?" chiese a Cade dopo avergli stampato un bacio sulla guancia, sedendosi al suo fianco.

"Purtroppo no. Con un po' di fortuna, la caldaia arriverà entro due settimane."

"Che succede?" chiese Lucy scivolando sulla sedia libera accanto a me. Averla così vicino non mi dispiaceva affatto.

"Ieri notte ci è morta la caldaia e il serbatoio dell'acqua calda ha straripato. Stamattina ho telefonato a chiunque per trovarne una. Al Denali Builders ne hanno una, ma fa pena. Se dobbiamo spendere soldi, meglio comprarne una decente." Amelia fece una pausa per bere un lungo sorso di caffè. "Quindi siamo rimasti senza acqua calda e il parquet è da rifare," disse con un sospiro.

"Al momento non possiamo proprio permetterci

una spesa di ventimila dollari, ma faremo qualche sacrificio," aggiunse Cade.

Lucy li guardò, gli occhi azzurri colmi di preoccupazione. "Che merda." Fece per prendere la tazza con il braccio infortunato, poi alzò gli occhi al cielo e cambiò mano.

Amelia la fissò dritta negli occhi. "Come va il polso?"

"Oh, tutto bene. Giusto un po' indolenzito," dichiarò Lucy. "Mi dispiace per quello che è successo. Se ti serve una mano per il parquet, conta pure su di me."

Amelia si strinse nelle spalle. "Assolutamente no, devi aspettare che il braccio guarisca come si deve. Ce la caveremo. Probabilmente nel frattempo staremo dai genitori di Cade. *Odio* le docce fredde," disse infastidita. "A proposito. Non potremo ospitarti da noi. Però quando avremo di nuovo la caldaia potrai restare tutto il tempo che vuoi."

Lucy annuì e mandò giù un sorso di caffè, provando a nascondere l'ansia dietro la sua solita facciata di indifferenza.

"Perché non resti da Levi?" suggerì Amelia.

Cielo, in quel momento avrei voluto baciarla.

Mi stava facendo un favore enorme senza neanche saperlo.

"Per me non c'è problema," aggiunsi, sforzandomi di mantenere il sangue freddo.

"Ma cos'è successo con il proprietario di casa?" le chiese Amelia, dopo che per poco Lucy non si strozzava con il caffè.

"Beh, sai che stava per scadere il contratto, no? Beh, voleva tipo raddoppiare l'affitto. Quindi abbiamo litigato e alla fine ha deciso di non rinnovarmi il contratto. Visto che avevo mandato tutto all'aria, mi ha cacciata ieri notte."

Amelia sogghignò. "Ecco cosa succede quando non riesci a tenere a freno la lingua."

Lucy alzò gli occhi al cielo.

"Levi ha una casa grande," disse Cade.

Mi morsicai la lingua, perché se avessi detto qualcosa di inappropriato avrei rovinato tutto.

Alla fine Lucy annuì, incrociando il mio sguardo. La vulnerabilità che si celava nei suoi occhi intensi mi strinse il cuore. Sicuramente si sentiva messa all'angolo, quindi non dissi niente che avrebbe potuto peggiorare la situazione.

Lucy si era tolta quella meravigliosa T-shirt semitrasparente con cui aveva dormito e indossava una salopette di jeans sopra una maglietta attillata. Cazzo, quanto era bella. E il fatto che non ci provasse neanche la rendeva ancora più splendida.

Amelia ci fece alcune domande sull'incendio della sera prima, mentre io chiedevo notizie sul progetto al quale stavano lavorando.

"Oggi vai a lavorare?" chiesi a Lucy, indicando la fasciatura.

Mi guardò duramente.

"Certo."

"Gliel'ho già chiesto io," disse Amelia, alzando gli occhi al cielo. "Dice che l'altro braccio funziona benissimo." Fissò Lucy dritta negli occhi. "Vedi di non fare niente di stupido."

Lucy bevve un lungo sorso di caffè e la fulminò con lo sguardo. "Guarda che non è niente. Oggi non fa nemmeno poi tanto male. È giusto una contusione. Devo soltanto tenere la fasciatura per qualche settimana. Posso lavorare e lo farò, quindi non ho intenzione di discutere."

"D'accordo. Però non farti male," replicò Amelia.

"Altrimenti noi non veniamo a salvarti," aggiunsi, senza riuscire a trattenermi.

Lo sguardo truce di Lucy si spostò su di me. "Ma siete seri? Volete forse farmi credere che al posto mio voi non lavorereste?"

Incrociai lo sguardo di Cade e mi strinsi nelle spalle. "Hai ragione, troverei comunque qualche mansione leggera da fare."

"E non posso fare la stessa cosa pure io?" chiese, con l'ombra di un sorriso sulle labbra.

Maledizione. Ero quasi riuscito a farla sorridere. Non potevo crederci. Continuai con una risata.

"Non vedo perché no. Resta con i piedi ben incollati per terra e stai alla larga dalle travi."

Amelia annuì vigorosamente. "Appunto. Non avresti comunque dovuto farlo da sola. Ho chiamato Max. Oggi verrà ad aiutarci, così finiamo di installare le travi."

Lucy mormorò qualcosa e bevve un altro sorso di caffè. Mi vibrò il telefono e lo tolsi dalla tasca. Era un messaggio di Maisie, la nostra centralinista, che ci ordinava di andare in caserma per rispondere a un'emergenza minore.

"Dobbiamo andare in caserma," dissi, rivolgendomi a Cade.

Lucy e Amelia ci seguirono fuori. Quando Amelia baciò Cade per salutarlo distolsi lo sguardo, posandolo su Lucy.

"Stasera ti serve un passaggio per venire a casa?" le chiesi.

Aveva lo sguardo afflitto.

"Non ce n'è bisogno, oggi devo passare a prendere il mio pick-up. Però avrei bisogno di un passaggio dal cantiere all'officina, se non ti dispiace," disse, in tono pacato. "Oggi mi informo un po' sugli affitti, quindi magari non dovrò nemmeno fermarmi di nuovo da te."

Sorrisi e annuii, sapendo benissimo che in quel periodo dell'anno non avrebbe trovato proprio nulla, visto che la città era piena di turisti. La seguii con lo sguardo mentre si allontanava con Amelia, chiedendomi se sarei mai riuscito a fare breccia nel suo cuore.

Capitolo Sei

LUCY

Quel giorno ero di pessimo umore. Odiavo il fatto di non poter lavorare come avrei voluto. Odiavo non avere più una casa tutta mia. Ma soprattutto, odiavo essere stata costretta ad accettare di nuovo l'ospitalità di Levi. Mentre Amelia e Max lavoravano sulle travi, avevo passato almeno un'ora a fare telefonate per trovare un posto dove stare. Nemmeno Janet aveva una stanza libera al suo B&B, appiccicato al Firehouse.

Non avevo altra scelta che accettare l'invito di Levi. Fosse stata una qualsiasi altra persona non avrei avuto alcun problema, ma quell'uomo mi faceva uno strano effetto, facendomi provare sensazioni che pensavo ormai di aver dimenticato. Quanto avrei voluto liberarmi di quel bagaglio emotivo così pesante che mi portavo dietro ormai da anni.

Dopo aver accettato a malincuore il mio destino, tornai al lavoro. Il mio umore non aveva fatto che peggiorare. Ce l'avevo con il polso dolorante, ce l'avevo con la mia vita. A lavoro terminato, Amelia e Max scesero dall'impalcatura e lei venne da me, appoggiandosi a uno dei cavalletti che stavo usando per tagliare la legna del parquet. Almeno la sega circolare riuscivo a usarla. Dopo aver bevuto dell'acqua, Amelia si tolse i guanti e li ripulì battendoli sui jeans.

"Non pensi sia un po' troppo presto per pensare alla pavimentazione?" chiese.

Sollevai lo sguardo, continuando a tagliare. "Visto che non posso fare molto altro, ho pensato di portarmi avanti per quando potrò ricominciare a lavorare," risposi, con un'alzata di spalle. "Abbiamo lo spazio per conservarla all'asciutto, quindi non dovrebbero esserci problemi."

Max Richards si avvicinò, passandosi la manica sulla fronte per asciugarsi il sudore. Almeno in piena estate, perfino in Alaska c'era relativamente caldo. Si girò a guardarmi, sfoderando un sorriso.

"Non vedi l'ora che guarisca, eh? Ma che ti è successo?" chiese Max.

Amelia non nascose il suo disappunto, alzando gli occhi al cielo. "La conosci. È salita sull'impalcatura per installare da sola le travi. Ero andata in città per comprare del legname e quando sono tornata l'ho trovata là sopra. Ma spero abbia imparato la lezione," disse severamente.

La fulminai con lo sguardo, ma non riuscii a trattenere un sorriso. Sapevo di correre un rischio, ma ero troppo impaziente per aspettarla. "Sì, ho imparato la lezione. Il dottore ha detto che è solo una contusione. Fra qualche settimana tornerò come nuova," aggiunsi.

Max rise. "Beh, meno male non è niente di grave. Io devo andare, quindi ci sentiamo, ok? Se avete di nuovo bisogno di una mano, sapete dove trovarmi."

Ci salutò e Amelia gli sorrise. Per i lavori di scavo ci affidavamo quasi sempre a lui. Era un brav'uomo e lavoravamo molto bene insieme. Per quanto odiassi la mia condizione, gli ero davvero grata per essere venuto a darci una mano. Senza il suo aiuto avremmo dovuto bloccare il progetto a tempo indeterminato.

Amelia si scolò tutta la bottiglietta d'acqua e andò a prenderne delle altre dal furgone. Me ne lanciò una e la presi al volo con la mano sana. Mi voltai, lasciai per terra l'ultimo pezzo di legno e appoggiai i fianchi al supporto della sega circolare.

Restammo in silenzio per alcuni minuti. Ne approfittai per guardarmi intorno. Era un bel terreno poco fuori Willow Brook, immerso in una foresta di abeti rossi, pioppi e betulle. Accanto alle file di alberi si estendeva un terreno paludoso, con i monti sullo sfondo. Un corvo gracchiò e una gazza gli rispose.

"Come va il polso?" chiese Amelia.

"Tutto bene. Stamattina mi stava dando un po' di fastidio, ma ho preso dell'ibuprofene. Però so già che sarà una vera scocciatura," risposi con una risata.

Con un sorrisetto storto, replicò, "Oh, ci scommetto. So che ti rompo le scatole, ma anche io la vivrei come stai facendo tu. Hai trovato un posto in cui stare?"

Dopo aver bevuto un sorso d'acqua alzai lo sguardo verso il cielo. Era una bella giornata di sole, con giusto qualche nuvola passeggera.

"No, ma dovevo aspettarmelo. Anche se l'estate sta finendo c'è ancora un sacco di gente in città. I turisti hanno riempito ogni buco."

"Eh, già. Posso chiedere ai genitori di Cade se possono ospitare anche te. Ci ho pensato dopo che forse siamo stati maleducati quando ti abbiamo proposto di stare da Levi. È un bravo ragazzo, ma so che..."

Mi misi subito sulla difensiva. Amelia era la mia migliore amica, ma non volevo mostrarle quel mio lato più vulnerabile. Levi era un caro amico suo e di Cade.

Anzi, in realtà era amico di tutti i miei amici. Avrebbe destato troppi sospetti se avessi rifiutato seccamente un invito amichevole.

"Tranquilla," dissi rapida. "Visto che mi ha offerto la sua ospitalità, non posso che essergliene grata."

Ignara che avessi già passato una notte da lui e mi avesse vista in mutande, Amelia continuò, "A casa sua c'è molto più spazio. Sicuramente ti farà restare quanto vuoi," affermò.

"Sempre che non mi faccia impazzire," aggiunsi, senza riuscire a trattenermi.

Alzò gli occhi al cielo. "Sarà anche un cascamorto, ma è un bravo ragazzo."

Quello l'avevo capito benissimo. Però ancora non sapevo cosa cavolo fare con quei sentimenti ardenti che mi scatenava dentro, rischiando di farmi impazzire.

———

Ero a casa di Levi ormai da tre giorni. Tre giorni in cui la sola vicinanza mi stava facendo impazzire. Il terzo giorno mi svegliai, la pelle arrossata e sudata dopo l'ennesimo sogno erotico. Il mio corpo, alleatosi con il subconscio, continuava a tradirmi nel modo peggiore possibile. Ripensai allo scenario di fantasia che mi aveva ridotta in quello stato.

Le labbra di Levi sulla mia pelle, la barba ruvida che dal collo scende fino al seno. I suoi denti che si chiudono delicatamente attorno al capezzolo. Il suo corpo muscoloso premuto contro il mio. Il suo pene duro e pulsante di desiderio tra le mie cosce, che si strofina sul mio sesso bagnato per lui. Un grido mi sfugge dalle labbra...

Oh. Mio. Dio. Mi ero svegliata mormorando il suo nome. Strofinai le gambe tra loro, sentendo le mutandine umide di desiderio, la mia femminilità pronta per Levi. Nella foga del momento, con la mente ancora annebbiata dal sonno, infilai due dita nella parte più intima del mio essere. Ero eccitata da morire. Non mi sentivo così da... No, non mi ero *mai* sentita così. Ero bagnata fradicia e avevo bisogno di raggiungere il dolce sollievo. Iniziai a muovere vigorosamente le dita dentro di me, rossa d'imbarazzo per non essere riuscita a soffocare il desiderio. Non riuscivo più a smettere di pensare a quell'uomo, aveva invaso completamente la mia mente e i miei sogni.

Affondai le dita nel mio sesso, che le strinse con forza. Ma non bastava. No, volevo che il mio sogno diventasse realtà. Volevo Levi dentro di me. Nei miei sogni avevo avuto la fortuna di farmi penetrare da quella meraviglia di uomo. Iniziai ad ansimare, sfilai le dita fradicie e le passai sul clitoride, un bocciolo gonfio e turgido. Stavo arrivando al limite. In un'esplosione di piacere, affondai di nuovo le dita nella mia femminilità. L'orgasmo mi travolse, tagliente, intenso, incontrollabile.

Rimasi ferma immobile, con il fiatone. Era assurdo. Ero venuta soltanto pensando a Levi e avevo le dita umide dei miei umori. Avrei voluto rotolare giù dal letto, fiondarmi in camera sua e trasformare il mio sogno in realtà. Ricordai che in quel sogno lo stavo cavalcando, le sue dita affondate nella carne dei miei fianchi mentre mi riempiva con la sua erezione. I muscoli del mio sesso si strinsero di nuovo attorno alle mie dita. Le sfilai lentamente e mi misi su un fianco, cercando di riprendere un minimo di controllo.

Ero in una situazione di merda. Non avevo ancora trovato un altro posto dove stare. Dovevo continuare ad approfittare dell'ospitalità di Levi. Avevo un disperato bisogno di lui, ma dovevo stargli alla larga. Però non potevo certo andarmene senza un motivo valido. Purtroppo faceva parte della mia ristretta cerchia di amici e non avevo nessun altro a cui rivolgermi. Avrei potuto chiamare soltanto mia madre, ma non l'avrei mai fatto. Soltanto il pensiero mi portò sull'orlo delle lacrime.

Mi tolsi le coperte e corsi fuori per andare in bagno. Dopo l'incidente di qualche mattina prima, non uscivo mai dalla stanza senza dei vestiti addosso. Ma quel giorno ero fuori di me. In fondo ero appena venuta sulla mia mano, dopo aver fantasticato su Levi. Mentre camminavo sentivo le mutandine bagnate tra le cosce. Prima che potessi arrivare al bagno, già troppo lontana dalla mia camera, sentii la porta di Levi aprirsi.

Rimasi paralizzata. Si passò una mano tra i capelli spettinati e sollevò la testa, sbarrando quei suoi mera-vigliosi occhi blu quando mi vide. Era a petto nudo — così maledettamente sexy che mi venne l'acquolina alla bocca — con i soliti pantaloncini morbidi sui fianchi. Ma non erano abbastanza larghi da nascondere l'ere-zione che premeva contro il tessuto. Se solo avesse saputo quant'ero bagnata. Incrociò il mio sguardo. Rimanemmo fermi così per qualche secondo. Non sembrava affatto in imbarazzo.

"Buongiorno, Lucy," disse con un cenno del capo.

Con un sorrisino sulle labbra, abbassò lentamente lo sguardo, i suoi occhi come una carezza sulla pelle. Mi si inturgidirono i capezzoli per l'intensità del momento. Mi resi conto che avevo dormito con una maglietta bianca molto sottile, che sicuramente non lasciava nulla all'immaginazione. Il modo in cui mi stava guardando mi fece fremere di desiderio.

"Buongiorno," dissi con voce strozzata ma pacata, cercando di non fargli capire che avevo fretta.

Mortificata, mi fiondai in bagno sbattendomi quasi la porta alle spalle. Solo in quel momento realizzai che probabilmente anche lui doveva entrarci. Mi appoggiai alla porta, provando a riprendere fiato.

"Ti serve il bagno?" urlai.

Oddio. Sembravo in preda al panico. E lo ero. Il cuore stava martellando con così tanta forza che temevo potesse uscirmi dal petto. Avevo quasi paura potesse sentirlo a chissà quanti metri di distanza.

"Sì, ma stai tranquilla. Vado nell'altro," rispose Levi. Cazzo. Era fuori dalla porta.

Tirai un sospiro di sollievo quando sentii i suoi passi allontanarsi. Feci qualche respiro profondo, cercando di calmare il battito impazzito del mio cuore e quel mio corpo traditore. Un momento dopo mi tirai su, voltandomi a chiudere a chiave la porta. Non ce n'era alcun bisogno, ma ormai ci avevo fatto l'abitudine. Levi si divertiva sempre a tormentarmi, ma era una persona educata e rispettosa. Lo sapevo che non sarebbe mai entrato di proposito. Non era quel genere di uomo. Ma chiusi comunque la porta, come per proteggermi dal desiderio irrefrenabile che mi attirava a lui.

Mi fermai davanti allo specchio. Avevo le guance arrossate, i capelli spettinati e i capezzoli turgidi erano visibili attraverso il cotone della maglietta. Avrebbe dovuto ringraziarmi per lo spettacolino che gli avevo offerto di prima mattina.

Mai più. Non mi dimenticherò più di cambiarmi prima di correre in bagno. Che cretina.

Alzai gli occhi al cielo. Maledizione. Quel sogno erotico mi aveva turbata talmente tanto che non avevo saputo resistere alla tentazione di masturbarmi pensando a Levi. Dopo qualche respiro profondo, finalmente il mio cuore si calmò. Visto che i due bagni erano uno sopra l'altro, sentii lo scroscio dell'acqua quando accese la doccia.

Ripensai al profilo della sua erezione premuta contro i pantaloncini, il morbido tessuto che gli accarezzava il corpo. Dopo quei sogni, morivo dalla voglia di sentirlo dentro di me.

Lo sai benissimo che non puoi pensare a queste cose.

Quella vocina nei meandri della mia mente non voleva starsene zitta. Al desiderio subentrò qualcos'altro... un mix di emozioni che non riuscivo a identificare — forse tristezza, rimorso e vergogna.

Non uscivo praticamente mai con gli uomini. Non avevo mai frequentato nessuno. No, non ero una santa. Non ero vergine, ma proprio non ero in grado di gestire, di tollerare, un tale groviglio di emozioni. Avevo preferito limitarmi a qualche avventura di una notte, senza mai andare oltre. Mi si riempirono gli occhi di lacrime e distolsi lo sguardo dallo specchio. Accesi l'acqua della doccia e aspettai che si riscaldasse prima di mettermi sotto il getto. Le mie lacrime si mescolarono presto alla cascata che mi bagnava. Nella mia mente riaffiorarono ricordi che avrei preferito seppellire per sempre.

Capitolo Sette

LUCY

Ero al primo anno di liceo a San Francisco, California. Non capii mai perché ci fossimo trasferiti lì. Quel posto continuava a vivere nei miei incubi. Ero sempre stata la persona più minuta della mia classe. Alle elementari mi prendevano tutti in giro. Per questo ero una ragazza timida, non sapevo parlare con gli altri. La mia infanzia era stata terribile. Per farla breve, mio padre era uno stronzo. Non alzava spesso le mani, ma tormentava emotivamente e psicologicamente mia madre. La rimproverava per ogni minima cosa, la sminuiva al punto che divenne praticamente invisibile. Non aveva la minima autostima e non esprimeva mai la sua opinione.

Mio padre mi vedeva come un fastidiosissimo incidente. Quando era più piccola passava il tempo a ignorarmi, ma con gli anni gli venne sempre più difficile. Iniziate le medie, iniziò a trattarmi come faceva con mia madre. Odiava il fatto che fossi troppo intelligente. Odiava tutto di me.

Non avevo amici perché non potevo certo invitarli

a casa mia. Quando iniziai le superiori nel paesino
sperduto in cui vivevamo ero riuscita a farmi due
amici. Ma poi mi strapparono via da quella vita e mi
buttarono in una grande città come San Francisco.

Ovviamente nella nuova scuola ero un'emarginata,
non riuscivo a trovare il mio posto. Negli anni non ero
cresciuta molto, quindi ero rimasta molto bassa. Non
sembravo nemmeno un'adolescente. Il mio corpo
iniziò a cambiare soltanto al terzo anno. Ero riuscita a
farmi pochissimi amici e mi ero presa una cotta
assurda per un ragazzo: Floyd Lewis. Era bellissimo e
amato da tutti, con tutte le qualità che a me mancavano. Era il fuoriclasse della squadra di football ma
pure molto intelligente, quindi mi ero convinta che
valesse la pena sbavargli dietro.

Ero *così* timida che arrossivo soltanto a guardarlo.
Ma lui non mi degnava neanche di uno sguardo. Il mio
soprannome era Nanerottola e tutti mi prendevano in
giro. Pensavo di essere piuttosto carina, ma a quell'età
nessuno riesce a essere oggettivo sul proprio aspetto
fisico. Era un periodo desolato e triste della mia vita
che preferivo tenere in un angolo remoto della mia
mente.

Ma un giorno, Floyd Lewis mi chiese di andare al
ballo scolastico con lui.

Il ragazzo più bello della scuola aveva chiesto
proprio a me, la piccola Lucy Caldwell, di essere la sua
accompagnatrice. Ero nervosa, ma emozionatissima.
Ogni tanto ripensavo con malinconia a quei pochi
giorni di incredulità e di pura gioia. Floyd era alto e
forte, tutte le ragazze gli sbavavano dietro. Quando la
notizia che aveva finalmente scelto qualcuno da invitare al ballo si era diffusa per la scuola, le altre ragazze
iniziarono a lanciarmi occhiate velenose. Non avendo

amici veri, la cosa non mi toccò molto. Le ignorai e andai avanti con la mia vita.

Vivevo nella mia piccola bolla di beatitudine. Essendomi sempre sentita un'emarginata, speravo potesse essere la mia occasione per integrarmi meglio.

La sera del ballo arrivò e, nonostante i miei timori, Floyd si presentò davvero a casa mia. Portò perfino un bouquet. Si era messo in tiro, con i capelli castani pettinati all'indietro. Quando diede i fiori a mia madre, mio padre gli lanciò un'occhiataccia minacciosa. Ripensandoci, probabilmente non sapeva nemmeno come interagire con lui. Alla fine si rifiutò di mandarmi al ballo insieme a lui.

Per la prima volta, mia madre prese le mie difese. Lo implorò di concedermi almeno quella gioia. E così ci andai. Ma la mia ansia sociale non mi permise di godermi a pieno la serata, quindi non fu niente di che.

Aggrappata al braccio di Floyd, mi ero trasformata in un suo accessorio. Mi trascinava in giro per la sala mentre socializzava e rideva con i suoi amici. Le altre ragazze se lo mangiavano con gli occhi, ma rimase composto ed educato. Dopo il ballo mi portò in un parco che non conoscevo e mi baciò. Troppo angosciata per provare qualcosa, troppo inesperta per giudicare le sue doti da baciatore. Era il mio primo bacio, non ero mai stata così vicina a un ragazzo, ma non volevo che lo capisse. Una palpata tirò l'altra, finché non arrivò a sollevarmi il vestito. Nonostante l'ansia, non mi dispiaceva affatto. Ma quel ragazzo era troppo frettoloso, troppo rozzo. La delicatezza non faceva parte del suo vocabolario. Però sopportai. Purtroppo avevo imparato da mia madre a sottomettermi al volere degli uomini.

Persi la verginità nel retro della sua cazzo di macchina la sera del mio primo e unico ballo scolastico. Niente di terribile, ma mancava l'intimità che un momento così importante dovrebbe avere. Mi faceva male tutto e mi sentivo un'idiota che non sapeva cosa fare e non riusciva nemmeno a divertirsi. Dopo aver finito, Floyd sembrava piuttosto compiaciuto. Mi riaccompagnò a casa e mi diede il bacio della buonanotte sulla guancia. Ma quella sera non riuscii a dormire.

Quando arrivai a scuola il mattino seguente, qualcuno aveva scritto *TROIA* sul mio armadietto. Floyd si stava vantando con tutti di essersi preso la mia verginità. Ovviamente la notizia si diffuse a macchia d'olio in tutta la scuola. Che l'avesse raccontato in giro per rovinare la mia reputazione o meno resterà per sempre un mistero. Ma da quel giorno non gli rivolsi mai più la parola.

Forse per lui non ero più di una scommessa da vincere. Soltanto dopo scoprii che giravano scommesse attorno alla mia verginità e al ballo. La mia ansia sociale si trasformò in angoscia. Come se non bastasse, la voce arrivò anche a mio padre. In sedici anni non mi aveva mai messo le mani addosso. Ma quel giorno, appena misi piede in casa smise di essere così clemente. Con mia madre testimone, mi lasciò due occhi neri e lividi, sostenendo che ero diventata una troia come lei. Tra le urla si augurò che non fossi rimasta incinta, perché mia madre l'aveva incastrato proprio con la gravidanza.

Da quel momento la mia vita precipitò. Ero sempre stata una studentessa modello, non saltavo *mai* le lezioni. Alla mia prima assenza, il mio tutor mandò qualcuno a casa per assicurarsi che stessi bene. Nel menefreghismo più totale, mio padre era andato al lavoro. E pure mia madre. Quando aprii alla porta in quelle condizioni, vennero subito chiamati i servizi sociali.

Mia madre era stata messa di fronte a una scelta: me o mio padre, visto che volevano tenermi il più lontano possibile da lui. A sua figlia, lei scelse suo marito. Dopo un anno passato in affidamento, trovò la forza di scegliere me.

Capitolo Otto

LUCY

Il giorno seguente, mi appoggiai a un cavalletto con un sospiro. Un corvo gracchiò tra gli alberi. Lo osservai alzarsi in volo dai pioppi, una macchia scura nel cielo azzurro. L'Alaska la amavo tutto l'anno, ma a fine estate era speciale. Una leggera brezza soffiava sul cantiere. La proprietà si trovava appena fuori Willow Brook, tra dolci colline verdi. Il Denali svettava in lontananza sopra gli alberi. Mi girai ad ammirare il campo di cameneri in fiore. Durante l'estate, la pianta erbacea tingeva di fucsia i panorami mozzafiato dell'Alaska.

Mi voltai per prendere la bottiglia d'acqua, istintivamente con la mano destra. La fasciatura vi sbatté contro e la fece rotolare per terra. Maledizione.

"Cos'è quella faccia? Sei arrabbiata con il tuo braccio?" chiese Amelia, avvicinandosi dal furgone.

I capelli ambrati raccolti in una coda di cavallo le ricadevano sulla spalla. Mi guardò e si passò un braccio sul viso. Alzando gli occhi al cielo, raccolsi la bottiglia con l'altra mano. Amelia si appoggiò al cavalletto, sfoderando un sorriso.

"Odio questa fasciatura. Non la sopporto più," dissi.

"Quand'è che hai la prossima visita?"

"La settimana prossima. Non mi fa più male, quindi perché cavolo non posso toglierla?"

Mi lanciò un'occhiataccia. "Non essere stupida."

"È solo una contusione," replicai.

"Certo, ma devi lasciarla guarire, quindi vedi di non fare cavolate."

Amelia bevve un lungo sorso d'acqua e mi guardò.

"Sei riuscita a trovare qualcosa in affitto?" chiese, cambiando argomento.

Ma avrei quasi preferito continuare a parlare del mio braccio. Quella notte avevo sognato di nuovo Levi. Solo vederlo mi eccitava da morire. Stavo impazzendo, ma non per colpa sua. Mi lasciava i miei spazi e la mia privacy, senza essere minimamente invadente. Il problema ero io.

Lo desideravo ardentemente e non sapevo come placare quella fame di lui. La notte prima mi ero svegliata con un fuoco dentro, costretta a spegnerlo da sola. Era come se il mio corpo appartenesse a Levi. I miei sogni, senz'altro.

Mi schiarii la gola per calmarmi. "No, nulla," risposi scuotendo la testa.

"È un brutto periodo."

"Perché, da queste parti c'è per caso un periodo in cui si riesce a trovare facilmente un posto in affitto?"

Amelia sfoderò un sorrisetto divertito. "Hai ragione. È più facile compare casa. O aspetti che si liberi qualche posto per l'inverno o aspetti l'occasione. Perché non ti compri un terreno?"

"Ci stavo pensando, ma adesso è troppo presto. Aspetto ancora qualche anno, così avrò abbastanza soldi da parte per l'acconto."

"Meno male ti sta ospitando Levi, guarda! Vedo che state andando d'accordo."

La guardai storto. "E tu che ne sai?" chiesi, in tono più aspro di quanto volessi.

Un sorrisetto le incurvò le labbra. "Perché non passi il tempo a lamentarti di lui."

"Beh, in questi giorni non ci sta provando con me," dissi in modo scorbutico.

Evitai di dirle che non apprezzavo molto quel cambiamento. Era assurdo. Mi mancavano le sue avances. La sua quasi esagerata cortesia mi stava facendo impazzire. Più manteneva le distanze, più io volevo saltargli addosso. Forse avevo soltanto bisogno di togliermi quello sfizio per levarmelo una volta per tutte dalla testa.

Avevo completamente perso il lume della ragione. Era un'idea folle, ma l'attrazione era innegabile. Nonostante i miei ripetuti sforzi, proprio non riuscivo a togliermi quell'uomo dalla testa. Anzi, più cercavo di dimenticarlo, più si insinuava saldamente nella mia mente.

La risata di Amelia mi distolse dai pensieri e mi resi conto di aver perso il filo del discorso. Ma sicuramente stavamo parlando di Levi.

"Lo trattavi malissimo, quindi si è arreso," affermò.

Mascherai il mio tumulto interiore con un lungo sorso d'acqua, poi risposi. "Ed era anche ora."

Le squillò il telefono e lo sfilò di tasca. Si allontanò per rispondere, mettendo fine alla conversazione. Iniziai a impilare le assi di legno che avevo passato ore a tagliare. Ormai i pezzi per la pavimentazione erano quasi tutti pronti. Con una carriola, le portai nel nostro magazzino coperto. Finimmo di arrangiare le ultime cose e Amelia mi lasciò per andare a cena con Cade e i suoceri.

Di ritorno in città, iniziò a venirmi un certo languorino. A Willow Brook la mia vita sociale era sbocciata. Arrivata per l'ultimo anno di superiori, avevo avuto l'occasione di ricominciare da capo. Non avevo moltissimi amici, ma nessuno sapeva nulla del mio scandalo. Dopo l'università avevo iniziato a lavorare con Amelia, diventata poi la mia migliore amica. La sua cerchia di amici mi aveva accettata sin da subito. Non mi piaceva molto andarmene in giro da sola, ma qualche volta passavo al Firehouse per un caffè. Ogni tanto organizzavamo una serata di carte tra ragazze e seguivo i miei amici al Wildlands, il bar resort più popolare della città, quando venivo invitata.

Era sabato sera e non avevo niente da fare. Di solito non ci avrei dato molto peso, ma quel giorno sarei dovuta tornare a casa di Levi. Una parte di me moriva dalla voglia di vederlo, mentre l'altra si sentiva tradita dall'urgenza così forte del mio corpo. Ma ero troppo testarda per permettere a un uomo di condizionarmi.

Quella sera vinsero la mia testardaggine e il desiderio smisurato di vederlo. Mi diressi verso casa, determinata a ignorarlo. Ma quando arrivai, il suo pickup non c'era. Tirai un sospiro di sollievo, curiosa però di sapere dove accidenti fosse. Assurdo.

Esclusi subito l'appuntamento romantico. Qualche giorno prima avevo fatto un commento sarcastico sulla sua popolarità tra le donne, ma mi aveva assicurato che al momento non stava frequentando nessuno.

Brontolando, entrai comunque in casa. Ero libera di fare quello che volevo, perché a detta sua avrebbe ospitato qualunque amico in difficoltà. Odiavo dover fare affidamento su di lui e ogni tanto la tentazione di chiamare mia madre era quasi troppo forte. Ma *non* potevo farlo.

Per quanto i miei compiti al cantiere fossero ormai molto limitati ero comunque tutta sporca di polvere, quindi salii a farmi una doccia. Per fortuna la fasciatura era molto semplice da togliere. Dopo essermi asciugata, la indossai di nuovo senza fare troppe storie. Sentendo l'acqua della doccia al piano di sotto, capii che Levi era tornato. Al pensiero un fremito mi pervase. Mi infilai dei pantaloni da casa, una felpa e delle calze soffici. Ero quasi tentata di rifugiarmi nella mia stanza, ma mi sentii stupida anche solo per averlo pensato. Non ero una codarda, non mi sarei nascosta da lui.

Scesi le scale per andare in cucina. Ignorando le sue proteste, qualche giorno prima avevo fatto la spesa. In qualche modo dovevo sdebitarmi per l'ospitalità. Mentre frugavo nei mobili, l'acqua del bagno si spense. Decisi di riscaldare della zuppa in scatola. Sì, ero una pessima cuoca. Iniziai a cercare un pentolino della misura giusta, quando sentii la porta del bagno aprirsi.

Di riflesso, mi voltai verso di lui. Un insolito senso di intimità mi pervase sapendo che fino a pochi minuti prima era nudo sotto la doccia, con una semplice porta a separarci.

Quando posai lo sguardo su di lui, un fuoco mi arse dentro. La sua sola presenza era il fiammifero che accendeva in me un desiderio ardente. Era a petto nudo e indossava soltanto dei jeans che gli abbracciavano le gambe come un'amante, accarezzando ogni muscolo. Un groppo mi si formò in gola, e sentii il viso in fiamme. I miei occhi svergognati si soffermarono sulle linee scolpite del petto. La leggera peluria color caramello quasi scompariva sopra la pelle ambra. Oh, quanto avrei voluto toccarlo di nuovo.

Con uno sforzo sovrumano sollevai la testa, incrociando il suo sguardo intenso. Con un respiro tremolante, cercai di placare il mio cuore folle. Ma inutilmente. Non c'era verso di calmarlo. Uno stormo di farfalle prese a svolazzarmi nello stomaco, una vampata di calore mi travolse. L'eccitazione mi bagnò subito le mutande. Quell'uomo mi faceva impazzire.

Feci un respiro profondo e mandai giù il nodo alla gola. "Ciao," dissi con voce strozzata.

Merda. Stavo ansimando. Dentro di me stavo cercando di non farmi travolgere dalla prepotente ondata di desiderio. Ormai non pensavo ad altro che a lui, la mente annebbiata dalla lussuria. Avevo perso quasi ogni briciolo di lucidità e la voglia di saltargli addosso era insostenibile.

Non avevo mai provato sensazioni simili, una tentazione così forte. Mio padre era stato l'unico uomo con cui avessi mai passato così tanto tempo da sola, e lo odiavo. Dopo la mia prima esperienza sessuale mediocre ne ebbi poche altre. All'università avevo frequentato qualche ragazzo, tutte relazioni molto brevi e puramente fisiche. I sentimenti, le relazioni serie, l'amore... non facevano per me. A ventotto anni, quasi non riuscivo neanche a ricordare l'ultima volta che aveva baciato qualcuno. Me ne vergognavo profondamente.

Levi rimase impassibile, ma i suoi occhi mi stavano penetrando l'anima. Entrò in cucina, con il suo solito passo spavaldo. Gli veniva naturale. Era la mascolinità in persona, un maschio alfa con un corpo fatto di muscoli. Ma non si allenava per dare sfoggio di sé. No, un hotshot doveva essere duro come la pietra. Il suo lavoro richiedeva una forza sovrumana e una sicurezza che a lui di certo non mancavano. Me lo mangiai famelica con gli occhi, mentre si avvicinava.

Quando appoggiò un fianco al bancone, dedussi che non aveva intenzione di andare a coprirsi.

"Che c'è per cena?" chiese, posando una mano sul bordo del bancone.

"Zuppa," risposi, mostrandogli la lattina di zuppa di pomodoro.

La guardò per un istante, per poi posare di nuovo lo sguardo su di me. "Zuppa?" ripeté, quasi sorpreso.

Annuii lentamente, senza riuscire a ragionare con lui così vicino. "Mmh."

Sentivo le guance rosso fuoco. Avendo la pelle molto chiara, sicuramente non gli era sfuggito. Ma non stavo arrossendo per la timidezza. No, le fiamme del desiderio mi stavano bruciando viva e stavo per sciogliermi ai suoi piedi.

"Che ne dici se cucino io?" chiese.

"Eh?" risposi, senza riuscire a dire altro.

"Posso cucinare io, se vuoi. Direi che a te non piace."

Gli angoli della sua bocca si incurvarono leggermente all'insù.

Lo fissai, senza sapere come reagire. Fino a quella sera non avevo mai avuto bisogno di prepararmi da mangiare per cena.

"Sai cucinare?"

Sulle sue labbra apparve l'ombra di un sorriso. Un crampo di desiderio mi aggredì il basso ventre. Porca miseria. I suoi sorrisetti erano pericolosi. Stavo letteralmente sbavando per lui, mentre mi guardava impassibile, ignaro del mio turbamento interiore.

"Sì, e mi piace tanto. Sono anche piuttosto bravo."

Rimasi così colpita che non potei fare altro che ridere.

"Trovi strano che un uomo sappia cucinare?" replicò, continuando a sorridere.

Scossi subito la testa. "No, affatto."

"Allora ti dispiace se ci penso io?"

"Certo che no. Preparati pure tutto quello che vuoi."

Il suo sguardo si incupì, il sorriso scomparve dalle sue labbra. "Cucino per entrambi," affermò.

"Oh, no. Non ce n'è bisogno. Mi mangio questa zuppa."

Le emozioni mi stavano esplodendo dentro. Quel desiderio travolgente che accendeva in me Levi era incomprensibile, incontrollabile. Non mi ero mai sentita così prima d'allora.

Levi allora mi prese la lattina di zuppa di mano e il contatto con le sue dita mi procurò una scossa ardente in tutto il corpo. Mi sentii mancare il fiato, il cuore scoppiare. Calmo non lo era di certo nemmeno prima, ma quel tocco lo fece martellare all'impazzata. Stavo perdendo completamente la testa. Prima che potessi formulare un'altra parola — che già non era il mio forte, figuriamoci in un momento simile — ripose la confezione nell'armadietto.

Iniziò a frugare nel frigorifero, mentre io stavo provando con tutta me stessa a non sciogliermi ai suoi piedi. Disse qualcosa che il mio cervello non registrò.

"Lucy?"

Persino la sua voce era sexy, calda come whisky aromatizzato al miele. Mi fece venire la pelle d'oca.

"Mh?"

Ormai non riuscivo più neanche a mettere insieme due parole.

Al suo sorriso il mio stomaco fece le capriole, un'ondata di calore mi pompò nelle vene. "Mezz'oretta ed è tutto pronto, ok?"

"Va bene."

Wow. Due parole. Incredibile! Il sorriso ancora sulle labbra, si voltò e si mise al lavoro. Senza niente da fare, mi accomodai su una sedia. Ero tutta un fuoco, con le mutandine fradicie. Quell'uomo si era messo a cucinare a petto nudo.

Il rischio che potessi finalmente cedere alla tentazione era troppo alto.

Capitolo Nove

LEVI

Grazie a chissà quale miracolo, ero riuscito a preparare la cena senza prendere Lucy tra le braccia e baciarla fino allo sfinimento. Per fortuna potevo concentrarmi su qualcos'altro. Amavo davvero cucinare, da sempre. Da bambino passavo molto tempo in cucina con la mia famiglia, quindi avevo ereditato la loro passione per il cibo. Con estremo orgoglio, forse un po' troppo, ero stato proclamato il miglior cuoco di tutta la famiglia.

Lucy si era seduta a tavola a osservarmi mentre cucinavo. Era tesa come una corda di violino. L'aria nella stanza era carica di desiderio. Lucy ne sembrava quasi infastidita. Per tenere sotto controllo i miei impulsi, mi dedicai completamente alla cucina. Preparai qualcosa di semplice, delle veloci quesadillas al pollo. La spesa che aveva portato a casa era la più disorganizzata che avessi mai visto. Era ovvio non le piacesse cucinare. Aveva comprato un assortimento di prodotti che non ci stavano a fare nulla con gli altri.

Ma perlomeno c'erano del petto di pollo, quintali di formaggio e tortillas. Le posai il piatto davanti e mi sedetti di fronte a lei. I suoi occhi azzurro cielo si spalancarono per la sorpresa e incrociarono i miei. Per l'ennesima volta, mi persi in quel suo sguardo intenso.

"Oh, wow. Quindi sai cucinare davvero."

Guardò il piatto, poi di nuovo me.

"Non l'hai neanche assaggiato," dissi facendole l'occhiolino, con un sorrisetto.

Arrossì subito. Maledizione. Era adorabile.

"Beh, lo provo subito," disse rapida.

Iniziò a masticare, con un gemito deliziato che arrivò dritto tra le mie gambe.

"Oh, mio Dio," mormorò tra un morso e l'altro. "Sei bravissimo."

Risi al commento. Avevo condito il pollo con peperoncini chipotle e una miscela di spezie. Un po' di prezzemolo, una cucchiaiata di panna acida e formaggio ed era fatta. Deliziose. Perfette per una cena di fine estate.

Lucy ripulì il piatto. Era piccolina, ma con uno stomaco bello grande. Insistette per lavare i piatti, pestandomi addirittura le mani quando provai a offrirle il mio aiuto. Ma non aveva senso mettersi a discutere. Dopo aver finito di caricare la lavastoviglie, si girò con le mani sui fianchi. Nel frattempo le si erano asciugati i capelli, lunghe onde bionde che le ricadevano sulle spalle. Anche senza la minima passata di trucco, era splendida. Amavo vederla con i capelli sciolti.

Come sempre, portava dei vestiti oversize. Eppure, il seno generoso era impossibile da nascondere. Se le avessi fatto anche solo intendere che riuscivo a vedere i deliziosi capezzoli premere contro il cotone della felpa sarebbe sicuramente morta sul colpo. Per fortuna ero seduto, altrimenti avrebbe notato quanto me l'aveva fatto venire duro.

Mi guardò intensamente per un istante. "Levi..." iniziò, senza aggiungere altro.

"Sì, Lucy?" la sollecitai.

Si avvicinò al tavolo. In quei giorni stavo cercando con tutto me stesso di essere un *vero* gentiluomo, soffocando tutti i miei impulsi. Le avevo dato i suoi spazi, avevo smesso di importunarla. Cade mi aveva accennato che non era riuscita a trovare un'altra sistemazione. Mi era andata di lusso. Però, la mia sanità mentale stava iniziando a perdere qualche colpo. Non perché non sopportassi più la sua presenza. No. Il problema era che la desideravo troppo.

Ma quella donna rimaneva un mistero. Era sempre irrequieta, diffidente. All'inizio l'avevo vista soltanto come una sfida da dover vincere. Riusciva a infiammarmi di desiderio con la sua mera esistenza.

L'attrazione carnale era ancora tutta lì, ma volevo anche conoscerla meglio, provare a capirla. Più tempo passavamo insieme, più usciva fuori quella vulnerabilità che cercava di celare al mondo. Continuò ad avvicinarsi, passandosi la lingua sul labbro inferiore.

Oh, cazzo. *Non* poteva fare cose del genere davanti a me. Era a neanche trenta centimetri da me, con lo sguardo fisso nel mio. Il rossore sul suo viso si accentuò e iniziò a tormentare l'orlo della felpa con le dita. D'istinto posai la mano sulla sua, per provare a calmarla. Al mio tocco inspirò violentemente. Maledizione. Da quel contatto si scatenò una tempesta di fulmini.

"Perché sei così nervosa?" le domandai, senza pensarci.

"Non sono nervosa," rispose in tutta fretta.

Non ne ero granché convinto, ma decisi di non insistere.

Lo sguardo di Lucy era fisso nel mio. Un'ombra

oscura attraversò quei suoi meravigliosi occhi azzurri, l'aria intorno a noi si caricò di elettricità. Non mi aspettavo che si sarebbe fatta toccare in quel modo. Dopotutto, quella donna aveva sempre rifiutato tutte le mie avances, scacciandomi come un moscerino fastidioso. Maledizione, per fortuna ero sempre stato molto sicuro di me, altrimenti mi sarei sentito un vero idiota. Ma tutto questo prima che potessi conoscerla meglio.

Certo, in quei giorni non avevamo parlato chissà quanto. Ma dopo essermi reso conto che il suo carattere alle volte un po' troppo scontroso non era altro che un meccanismo di difesa, riuscii a percepire il suo lato più tenero. Era anche una donna focosa, passionale. Mi aveva affascinato sin da subito. La vicinanza aveva contribuito a comprenderla meglio come persona. Il mio corpo reagiva in modo violento, primordiale.

Avevo deciso di fare un passo indietro, di smettere di tormentarla. Non solo per lei, ma perché dovevo trovare un sistema per tenere a bada i miei istinti. Ma in quel momento persi quel briciolo di controllo, volevo soltanto riuscire a placare quell'angoscia che la soffocava. L'avevo toccata di nuovo. Un semplice gesto potente come una scarica di fulmini.

Lucy mi guardò, dischiudendo le labbra mentre il respiro la tradiva di nuovo. Porca troia. Era la donna più sexy che avessi mai visto. Provai a ordinare alla mia mano di lasciarla andare, ma non mi diede retta. L'azzurro cielo dei suoi occhi si fece quasi blu intenso. La pelle delicata del collo lasciava intravedere i battiti furiosi del suo cuore. I capezzoli turgidi premevano sotto la maglietta. Dovetti fare appello a tutto il mio autocontrollo per non strapparle di dosso quella felpa e stringerla a me, per sentire quelle morbide curve contro il mio corpo.

Con mia grande sorpresa, sentii la sua mano rilassarsi sotto la mia. Agendo d'istinto, l'attirai a me. Non stavo più pensando lucidamente. Affatto. Era così minuta, un corpicino tutto curve. In un secondo, me la portai tra le ginocchia. Nonostante fossi seduto, i nostri visi si ritrovarono l'uno di fronte all'altro. Dovetti trattenere una risata. Amavo quel suo contrasto. Un corpo così piccolo e formoso, con una personalità forte e una presenza imponente.

Persi completamente la testa quando mi passò le dita sulla fronte, scendendo sugli zigomi fino al mento, lasciando una scia infuocata sulla pelle.

"Ti desidero così tanto che lo odio," disse Lucy, un luccichio negli occhi.

"Io invece non lo odio affatto," replicai. "Anzi, non sai quanto mi faccia piacere."

Capitolo Dieci

LUCY

Vidi le labbra di Levi incurvarsi in un sorriso che mi scatenò uno stormo di farfalle nello stomaco. Un'ondata di emozioni e desiderio mi travolse. Non ero riuscita a resistere dal toccarlo. Era un uomo bellissimo, di una bellezza semplice, sconvolgente. Con le dita posate sulla leggera peluria del viso, la sua bocca era come magnetica. Pensavo che sarei riuscita a controllarmi, a soffocare i miei impulsi, ma mi sbagliavo. Oh, quanto mi sbagliavo.

Quel suo sorrisetto pericoloso lo sentii dritto tra le cosce, come un fuoco. Il desiderio così ardente che riuscivo a malapena a reggermi in piedi. La sua aura bollente mi scioglieva come cera e lo desideravo più di ogni altra cosa al mondo.

Era impossibile arrabbiarsi davanti a quel sorriso irresistibile. Così irresistibile, che non riuscii a fare a meno di ricambiarlo. La sua mano avvolgeva la mia, posata sul bacino. Lasciò andare, facendo scivolare il palmo sulla curva del fianco, e giù fino alla natica.

"Non c'è niente di male nel desiderare qualcuno, Lucy," disse.

Lo sapevo benissimo. Non c'era assolutamente niente di male. Però odiavo il modo in cui riusciva a farmi perdere completamente il controllo.

Se solo il mio cervello avesse avuto un allarme antincendio. Me ne sarebbe servito uno, uno solo per Levi. Mi avrebbe avvertita del pericolo, spingendomi a fuggire. Ma quel calore era troppo forte. Il desiderio era così intenso che non potevo resistergli. Quindi, quando mi attirò a sé — seduto sulla sedia, *ancora* a petto nudo — capii che oppormi sarebbe stato inutile.

Rimasi lì immobile, il corpo percorso da un fremito, il sesso pulsante per lui. Mi sentivo mancare il fiato, col cuore che martellava così forte da rimbombare quasi nel silenzio della stanza.

Mi aveva cucinato la cena, un gesto così intimo e famigliare. Fu il colpo finale che riuscì a demolire le mura attorno al mio cuore. Gli affondai le dita tra i capelli e chinai la testa. Ormai non aveva più senso tirarsi indietro. Non appena le nostre labbra si sfiorarono, quel fuoco che mi bruciava dentro si trasformò in un incendio. Rimasi ferma, senza sapere cos'altro fare. In tutta onestà, non avevo poi questa grande esperienza in fatto di baci. Era un gesto troppo intimo, che preferivo evitare. Nessun uomo era mai riuscito a baciarmi come si deve. Ma Levi. Porca. Miseria.

Premendo sul mio fondoschiena, mi strinse a sé. In piedi tra le sue ginocchia, ogni centimetro del suo petto muscoloso faceva pressione contro di me. Quell'uomo era un capolavoro. Sentivo la sua erezione calda e possente contro l'interno coscia. Non riuscivo più a sopprimere il desiderio di toccarlo. Con una mano gli accarezzai la spalla muscolosa, mentre facevo scivolare l'altra sulle linee scolpite del suo petto, fregandomene della fasciatura. Levi non commentò.

Sembrava impaziente di vedere la mia prossima

mossa. Quando un gemito lasciò le mie labbra rispose con un grugnito gutturale, stringendomi ancora di più a sé. La sua lingua scivolò tra le mie labbra, strappandomi un altro gemito di piacere. Santo cielo. Aspettavo quel momento da qualcosa come un'eternità. Le sue labbra morbide dirigevano sapientemente il bacio. Non rimasi certo passiva. Il mio corpo si muoveva da solo, mentre le nostre lingue danzavano. Avevo bisogno di sentirlo ancora più vicino. All'improvviso, staccò la bocca dalla mia e portò indietro la testa.

"Lucy," disse con voce roca, facendomi venire i brividi.

Al mio nome aprii gli occhi, lo shock per averlo baciato così forte da lasciarmi senza parole. Il cuore mi rimbombava nelle orecchie. Sentivo le mutandine bagnate tra le cosce, così eccitata da non riuscire più a ragionare.

I suoi intensi occhi blu erano fissi nei miei. Soltanto a guardarlo, il mio sesso reagiva di conseguenza. Ci guardammo immobili, il respiro affannato nella quiete della cucina, dove si sentiva soltanto il ronzio della lavastoviglie.

"Lo vuoi anche tu?" chiese Levi.

Deglutii nervosamente, un turbinio di pensieri per la testa. Un vortice di sensazioni, desiderio e confusione mi assalì. Avrei voluto dirgli di no, che non lo volevo, ma il mio corpo non me l'avrebbe mai permesso.

Cercai di riprendere fiato, senza riuscire ad allontanarmi da lui. Stargli così appicciata era magico, molto meglio di quanto avessi mai sognato. Certo, quei sogni erano *favolosi*, ma non erano lontanamente paragonabili alla realtà.

Quando non risposi si tirò indietro, lasciando cadere la mano dai miei capelli.

"Te lo chiedo perché mi hai mandato a fare in culo più di una volta," disse senza mezzi termini, lo sguardo fisso nel mio.

Il suo tono era quasi di sfida. Mandai giù il groppo in gola, trovando il coraggio di rispondere. "Lo so," riuscii a dire, la voce nient'altro che un sussurro strozzato.

"Quindi adesso non vuoi mandarmi a fare in culo?"

Lo guardai, cercando di rimettere in moto il cervello. Ma era impossibile pensare lucidamente. Mi resi conto soltanto dopo che la mia testa aveva deciso di muoversi da una parte all'altra. Ma lui non si mosse, continuando a fissarmi.

"Decidi tu," disse affettuosamente.

Il cuore mi batteva così forte che minacciava di esplodere. Il desiderio per Levi era così impetuoso da essere diventato ormai una parte di me. Mi dissi di farmi indietro, ma non ci riuscii. Non volevo allontanarmi da lui.

Invece di rispondergli a parole, intrecciai di nuovo le dita ai suoi capelli setosi, calandomi di nuovo sulle sue labbra. Piccolina com'ero, la sensazione di essere al suo stesso livello era così strana. Aveva deciso di restare seduto, come per permettermi di rifletterci seriamente. Sentivo di avere pieno controllo sulla situazione, ma la cosa mi infastidiva da morire. Volevo soltanto dimenticare tutto e perdermi in lui. Poi le mie labbra trovarono di nuovo le sue e mi strinse a sé. Sentii le sue dita scivolare sulla curva del fondoschiena, talmente vicine alla mia femminilità pulsante che dovetti trattenere un grido deliziato.

Infilò una mano sotto la felpa e deliziosi brividi mi percorsero la pelle al contatto con il suo palmo ruvido, un gemito soffocato mi sfuggì dalle labbra. Facevo fatica a riconoscermi. Fremevo dal bisogno di farlo mio, nonostante avessi provato a convincermi così a lungo di non provare nulla per lui.

Una vocina nei meandri della mia mente mi ricordò che ero sempre stata attratta da lui, per questo odiavo le sue avances. La prima esperienza sessuale mi aveva rovinata. Non perché quel momento in sé fosse stato traumatico, ma le botte che mi diede mio padre mi segnarono nel profondo. Non avevo paura del sesso. Non ero certo rimasta una santa in tutti quegli anni, ma nessun uomo mi era mai rimasto impresso. L'elettricità che scorreva tra me e Levi, il modo in cui il mio corpo fremeva costantemente — come se fossi un diapason che vibrava per lui e per lui soltanto — erano sensazioni che non avevo mai provato prima.

Non volevo dipendere da nessun uomo, li trovavo buoni solo per fare sesso.

La vita disastrosa di mia madre mi era sempre stata da esempio. Ma le fiamme che ardevano tra me e Levi erano più forti del mio istinto di fuggire. Non riuscivo più a pensare lucidamente. Le mie difese non erano altro che cenere. Riuscivo soltanto a percepire il corpo sodo di Levi premuto contro il mio, al flusso caldo di desiderio tra le cosce e a quei sogni in cui mi facevo prendere da lui.

Cedetti infine alla tentazione e mi misi sopra di lui. La sua erezione prorompente premeva contro la mia femminilità attraverso i pantaloni, così insistente, così massiccia e calda.

Levi mormorò il mio nome e prese un capezzolo tra le labbra, procurandomi una scarica di piacere. Stavo impazzendo. Sentirlo pronunciare il mio nome in quel modo risvegliò qualcosa dentro il mio cuore. Ma all'improvviso, un briciolo di ragione si impossessò di me e mi resi conto di quello che stavo per fare. Aprii gli occhi e vidi la mia felpa sul pavimento. I capezzoli erano umidi, dopo essere stati stuzzicati dalla sua lingua perversa. Il desiderio era così intenso da far male.

Sbigottita, mi alzai di botto. Raccolsi la felpa e me la infilai, imprecando quando la fasciatura rimase incastrata nella manica. Sicuramente avevo l'aria folle, con i capelli spettinati, i vestiti stropicciati e il viso rosso come un pomodoro.

Mi voltai verso Levi. Non si era mosso di mezzo centimetro. I suoi capelli dorati erano tutti arruffati, lo sguardo ardente e le labbra umide e gonfie. I miei occhi ribelli scivolarono dal petto nudo fino all'erezione poderosa che si ergeva tra le sue gambe. Non mi ero nemmeno resa conto di avergli sbottonato i jeans. Il contorno definito del suo membro premeva sotto le mutande nere. Era l'uomo più sexy che avessi mai visto in vita mia.

Dovevo allontanarmi il più possibile da lui.

"È stata una pessima idea," dissi bruscamente.

Oh. Mio. Dio. Sembravo una pazza isterica. Levi annuì. Per un istante sembrava stesse per dire qualcosa, ma non volevo saperne niente. Mi voltai e corsi al piano di sopra.

Mi ero ridotta a fuggire da lui. Sbattendomi la porta alle spalle, mi fermai a riprendere fiato.

Oddio, no. Non l'ho fatto davvero.

Ma che cavolo mi è venuto in mente?

Mi strofinai le mani sul viso e mi spinsi via dalla porta, la chiusi a chiave e incrociai le braccia sul petto. Iniziai a camminare come una matta intorno al letto, avanti e indietro. Cazzo, cazzo, cazzo.

Mi sentivo mortificata, talmente imbarazzata che non riuscivo neanche a calmarmi. Realizzai in quel momento che probabilmente Levi sentiva i miei passi. Mi gettai di peso sul bordo del letto, sollevai le gambe e me le strinsi al petto, guardandomi allo specchio. In qualche modo, riuscii lentamente a calmarmi. Non che avessi altra scelta. L'opzione peggiore sarebbe stata andare a parlargli. Mi convinsi che l'indomani mattina mi sarei dimenticata che ero arrivata un soffio dal cavalcarlo in cucina. E lui di certo non si sarebbe tirato indietro.

Capitolo Undici

LUCY

La notte fu accompagnata da sonni irrequieti, mentre il mio corpo vibrava ancora per gli echi di desiderio. A un certo punto mi svegliai, girando la testa per controllare l'ora. Era passata da poco l'una, finalmente c'era buio pesto. Perfino a fine estate, le giornate dell'Alaska erano molto lunghe. Il sole non tramontava prima delle ventidue.

Un altro sogno erotico mi svegliò. Il protagonista era sempre lui, Levi. Avevo già le mutandine fradicie e con un semplice movimento delle gambe venni travolta da un'ondata di desiderio. Col fiatone, mi chiesi se fosse possibile avere un orgasmo durante il sonno. Ero messa proprio male. Il mio corpo sembrava al limite. Era ormai la quarta volta che mi svegliavo in quel modo e sentii il bisogno di masturbarmi.

La mano sana agì da sola e, nel giro di qualche secondo, sentii le dita stuzzicarmi tra le cosce e inarcai il bacino per accoglierle. Ma non bastava. E lo sapevo bene. Non volevo essere una codarda. Ma soprattutto, non potevo più negare l'attrazione irrefrenabile che provavo per Levi.

Calciai via le coperte e mi alzai in piedi. Avevo la mente ancora assonnata, annebbiata dal desiderio. In maglittina e mutande corsi fuori dalla mia stanza, verso la sua.

Levi stava dormendo con la porta socchiusa. Mi infilai in camera sua e un'ombra mi corse tra i piedi. Quel cricetino era proprio avventuroso. Ma nemmeno la presenza di Cri mi destò dal mio delirio. Avevo intenzione di soddisfare quel bisogno carnale una volta per tutte, così da togliermi quell'uomo dalla testa.

Mi avvicinai al letto e guardai Levi. Dormiva a pancia in su, con un braccio sopra la testa. Aveva le coperte avvolte attorno alla vita. Chissà se anche lui faceva sogni erotici.

Strisciando accanto a lui sul letto, gli passai le dita sul petto. Ero troppo impaziente per aspettare un secondo di più. Mi misi a cavalcioni su di lui e dovetti trattenere un gemito quando lo trovai già duro. A dividerci soltanto le mie mutandine bagnate e il lenzuolo. Il mio sesso pulsava in anticipazione.

Lo sentii svegliarsi, il corpo irrigidirsi leggermente. Qualche secondo dopo, mi posò le mani sui fianchi.

"Lucy?" mormorò, la voce roca per il sonno.

"Sono io," risposi, e un sorriso mi incurvò le labbra.

Mi era piaciuto svegliarlo in quel modo. Forse un po' troppo. Ma non ero lì per parlare.

Iniziai a muovere i fianchi, chinandomi verso le sue labbra. I miei occhi si erano già abituati all'oscurità. Una luce notturna illuminava debolmente il letto. Mi aveva spiegato che quelle luci sparse per la casa servivano a non schiacciare per sbaglio Cri. Che benedizione. Senza quel bagliore mi sarei persa il desiderio riflesso nel suo sguardo.

"Ho cambiato idea," dissi.

"Su cosa?"

"Non è stato un errore. Odio che ti desidero così tanto, ma ti desidero."

Aumentò la pressione sui fianchi, poi fece scivolare le mani sul fondoschiena. Il mio bacino iniziò a muoversi da solo e mi scappò un gemito. Non riuscii a trattenermi. Ero troppo vicina al limite.

"Io non odio che mi desideri," mormorò. La sua voce assonnata era così sexy che mi venne la pelle d'oca. "Ed è vero, non è un errore."

Poi mi passò lentamente le mani sulla schiena, facendole scivolare sotto la maglietta per sfilarmela. Prestò particolare attenzione al braccio, cosa che mi infastidì. In quel momento era l'ultima cosa a cui avrei voluto pensare, non faceva nemmeno più male. Il mio unico obiettivo era quello di spogliarlo completamente e sentirlo dentro di me. Soltanto allora sarei riuscita a soddisfare quel desiderio viscerale che da troppo tempo mi tormentava.

Successe tutto così in fretta. Era come se le sue mani e le sue labbra fossero dappertutto. Oh, e dormiva nudo. Che piacevole sorpresa. Avevo i capezzoli così turgidi da far male. Le sue attenzioni mi stavano facendo impazzire. Li strofinò tra le dita, ne succhiò uno e poi l'altro, mordicchiandoli deliziosamente. Troppo impaziente, feci per togliergli le coperte di dosso. Ma me lo impedì, ridendo.

"Oh, no. Non abbiamo alcuna fretta."

Mi buttò sul letto e si sdraiò accanto a me. Voltai la testa per guardarlo negli occhi.

"Invece io ce l'ho."

Rise piano sulla mia pelle, mentre tracciava una scia ardente di baci dal collo fino ai capezzoli, con tutta la calma del mondo.

"Oh, non è che lo fai di nuovo, vero?" mormorò.

Persino le sue parole mi facevano eccitare da morire.

"Che cosa?" dissi con voce strozzata, mentre esplorava il mio corpo con la bocca.

"Dirmi che è stato un errore e lasciarmi a bocca asciutta."

Scossi subito la testa. "No. Ho un traguardo da raggiungere."

La sua risata mi provocò piacevoli scintille sulla pelle. La sensazione della barbetta sul ventre mi stava facendo impazzire.

"Sei sempre di fretta, eh?"

Inspiegabilmente, mi sentivo totalmente a mio agio. Troppo presa dal momento, non avrei permesso alla mia timidezza di rovinare tutto. Quindi mi feci una risata. Iniziò a baciarmi l'interno coscia e poi, con un movimento deciso, mi divaricò le gambe e posò la bocca sulla parte più intima del mio essere.

Gli afferrai i capelli con tutte le mie forze. La sua bocca stava facendo l'amore con la mia femminilità. Dopo profonde passate di lingua sulla carne così delicata iniziò a tormentarmi il bocciolo turgido, mentre affondava dentro di me con le dita. Il suo tocco era tutt'altra cosa rispetto al mio. Il mio cervello si spense completamente, riuscendo soltanto a percepire il modo in cui le sue dita e la sua lingua mi stavano facendo impazzire.

Mi strinse un fianco mentre assecondavo i suoi movimenti con il bacino, sempre più vicina al limite. Affondò di nuovo le dita, succhiando con forza il clitoride. Un piacere immenso esplose, travolgendomi con una potenza smisurata. Non riuscivo né a pensare né a muovermi. Sollevò la testa per incrociare il mio sguardo, con le dita ancora dentro di me.

"Lucy."

La voce di Levi toccò una corda del mio cuore bastonato. Le sensazioni che mi vorticarono dentro erano così travolgenti che mi venne quasi paura. Non avrei mai voluto sentirmi così vulnerabile, ma dovevo smetterla di fuggire.

Quando pronunciò il mio nome aprii gli occhi, trovandolo sopra di me. Ogni centimetro del suo corpo era pura perfezione. Nonostante avessi appena avuto l'orgasmo più esplosivo della mia vita, ancora non mi bastava. Non mi sarei data pace finché non l'avessi sentito dentro di me.

Anche se non riuscivo a formulare due parole in croce, il mio corpo sapeva cosa voleva. Gli avvolsi le gambe attorno alla vita per stringerlo a me. Ma quando rotolò al mio fianco, trovai finalmente la voce.

"Dove stai andando?" mormorai, provando a fermarlo con le gambe.

Al che rise, il suono profondo e sensuale. Il mio stomaco fece una capriola, poi un'altra, poi un'altra ancora.

Allungò una mano verso il comodino e in pochi secondi si infilò un preservativo, per poi allungarsi di nuovo sopra di me. Il desiderio irrefrenabile mi stava facendo morire di imbarazzo. Non aveva più senso nasconderlo. Forse, e solo forse, una volta sarebbe stata sufficiente per levarmelo definitivamente dalla testa. Mi prese le mani tra le sue e me le portò fin sopra la testa.

Dato che evitò di stringere con forza il polso infortunato, alzai gli occhi al cielo.

"Che succede?" chiese, con l'ombra di un sorriso sulle labbra.

"Guarda che non mi rompo mica. Soprattutto

perché questo..." Agitai il polso nella sua presa "...è fasciato. Quindi non preoccuparti."

I suoi occhi intensi fissarono i miei. "D'accordo."

Appoggiò i gomiti all'altezza delle mie spalle. Incorniciandomi il viso con le braccia, mi lasciò andare una mano. Mi spostò i capelli di lato, senza smettere di guardarmi. Era un momento così intenso, così intimo. Mi sentivo completamente nuda. Eppure, mi ero ripromessa che non sarei più fuggita, quindi non distolsi lo sguardo.

"Se vuoi che mi fermi, dimmelo adesso," affermò, la voce roca.

Cazzo, ero proprio fottuta.

Perfino sentirlo parlare mi faceva sciogliere in una pozza di desiderio, come cera calda al fuoco. Volevo soltanto congiungermi a lui, sentirlo dentro di me. Il mio sesso pulsava disperato, impaziente.

Gli avvolsi le gambe attorno alla vita e lo spinsi verso di me, ma non si mosse di un centimetro. Non potevo farci nulla, era molto più forte. Non sarei mai riuscita a comandarlo a bacchetta. Un angolo della sua bocca si contrasse per un istante, facendomi venire i brividi.

Il suo sguardo si fece serio. "Dico davvero. Se non ti senti pronta, dimmelo."

Il cuore iniziò a martellarmi con una forza paurosa nel petto e mandai giù il groppo in gola che rischiava di soffocarmi. Non avevo mai provato niente di così reale. Dopo quello che era successo, non avrei più potuto fingere di non desiderarlo. Avrei soltanto fatto la figura della bugiarda.

Quindi lo fissai dritto negli occhi. "Lo so. Non voglio che ti fermi."

Per un istante, Levi rimase immobile, poi si posizionò sulla mia fessura. Ogni centimetro del suo membro caldo e duro scivolò con facilità sull'eccitazione. Nonostante fossi esplosa solo qualche minuto prima sul suo viso, ero già al limite un'altra volta. Ma ormai avevo capito fin troppo bene che preferiva fare tutto con calma.

Quando però il suo nome mi sfuggì dalle labbra con un gemito, si sollevò leggermente e iniziò ad affondare dentro di me. Lento e delicato, come per paura di farmi del male. Sinceramente, era passato così tanto tempo dall'ultimo rapporto sessuale che la sentivo stretta come una morsa attorno a lui. Niente dolore, no. Ma io ero piccolina, mentre lui grande e grosso.

"Cazzo, Lucy, sei strettissima," disse, biascicando leggermente. Posò le labbra sulle mie e rimase fermo per qualche istante dentro di me. Riuscivo a sentire il battito del suo cuore sul petto. Con un respiro profondo e un'ultima spinta, affondò fino in fondo.

Quando sollevò la testa, cercò il mio sguardo. Il piacere era troppo intenso. Eravamo totalmente uniti, anima e corpo. Sinceramente, non mi ero fatta molte aspettative su quel momento. Avevo cercato sempre di non pensarci. Anche se il mio subconscio mi aveva offerto quei sogni erotici. Ma era tutto così reale, così infuocato, e decisamente meglio di qualunque fantasia. Come il mio corpo iniziò a rilassarsi, sollevai il bacino verso di lui, godendomi la deliziosa sensazione di pienezza.

Incominciò a muoversi lento. A essere sinceri, quell'uomo mi aveva sorpresa. Mi aspettavo che per lui il sesso non fosse altro che un momento di svago. Non ero assolutamente preparata al modo in cui aveva assaporato ogni centimetro del mio corpo, alle premure che aveva dimostrato per il mio braccio e per il mio corpo, a essere trattata come vetro soffiato. Ma era comunque un uomo virile e passionale.

Quando iniziai a muovermi con maggiore foga contro di lui, inarcando il bacino e affondando le unghie nella sua schiena, si lasciò completamente andare. Iniziò ad affondare con forza e vigore, esattamente ciò di cui avevo bisogno. Avevo fame di lui, un desiderio che quasi mi faceva male.

"Cazzo, Lucy. Piano," mormorò. "Non voglio farti del male."

Spalancai gli occhi. "Non mi fai male. Ti prego, Levi..."

Rimasta ormai senza parole, continuai a muovermi sotto di lui per fargli capire di cos'avevo bisogno. Anche lui rispose con il suo corpo, ritraendosi per poi spingersi sempre più in profondità. Per quanto volessi distogliere lo sguardo, non ci riuscivo. Gli occhi fissi nei suoi, la pressione dentro di me prese a crescere sempre di più. Portò una mano tra le mie gambe e iniziò a stuzzicarmi il clitoride. L'ondata di piacere raggiunse il picco più alto e delizioso, travolgendomi con una potenza inaspettata. Lo sentii irrigidirsi e urlai il suo nome. Gli occhi fissi nei miei, grugnì il mio nome e crollò sopra di me.

Pelle contro pelle, battito su battito. Entrambi con il fiatone, ci fermammo a riprendere fiato. Mi resi conto di essermi addormentata soltanto quando mi risvegliai più tardi, al calduccio e rilassata tra le braccia di Levi, rannicchiato contro la mia schiena. Il mio cervello provò a convincermi a farmi alzare, ma non gli diedi retta.

Capitolo Dodici

LEVI

La luce dell'alba filtrava dalle finestre. La notte prima avevo dimenticato di chiudere le tende. Nonostante la soffocante frustrazione sessuale, avevo preferito comunque andare a dormire senza masturbarmi. Con Lucy a pochi metri da me, non mi avrebbe procurato alcuna soddisfazione. Ma inaspettatamente, era venuta a stravolgermi la serata.

Ripensai alla notte prima. Raggomitolato alle sue spalle, mi ero svegliato con un'erezione. Ma era normale. Quei momenti di intimità con Lucy erano stati molto di più del semplice sesso. Era andato ben oltre il puro appagamento fisico.

Però non aveva fatto altro che stimolare il mio appetito già smisurato. Per quanto minuta, Lucy era tutta curve. Con il suo rotondo fondoschiena premuto contro l'inguine e i seni morbidi tra le dita, il mio corpo aveva reagito d'istinto. Stava dormendo profondamente, il respiro regolare. Mi sarei aspettato di non trovarla lì con me. Vederla ancora lì mi lasciò a dir poco di stucco.

Senza pensarci due volte, decisi di dare ascolto al

mio corpo. Le presi il capezzolo tra le dita, sorridendo quando lo sentii inturgidirsi all'istante, mentre l'altra mano scivolava sul ventre fino alle cosce. Era morbida e calda, le gambe si spostarono leggermente per darmi maggiore accesso. Le ricoprii la curva del collo di baci. Porca miseria. Era deliziosa — dolce, con una nota di muschio. La dolcezza che avevo scoperto sotto tutti quegli strati di scontrosità mi aveva colpito dritto al cuore.

La sentii trattenere il fiato quando feci scivolare piano le dita sulla sua femminilità. Era calda, bagnata, pronta per me. Dovetti trattenere una risata perché ero tentato di fare un commento spiritoso, che però non avrebbe senz'altro apprezzato. Si irrigidì dolcemente, quindi le passai il pollice sul clitoride. Sospirò, un gemito strozzato le scappò dalle labbra.

I suoni di Lucy erano il paradiso. Era una donna molto espressiva. Non aveva mai paura di dire la sua. Vedere quel suo lato quando bruciava di desiderio era quasi troppo da sopportare.

Con un sorriso compiaciuto sulle labbra, la sentii trattenere ancora il fiato quando affondai un dito dentro di lei. Ero certo non fosse vergine, ma probabilmente era da un po' che non si concedeva, visto che la notte prima l'avevo sentita molto stretta. Allora magari si sentiva indolenzita. Forse avrei dovuto chiederglielo. Gemette di nuovo, spingendo il bacino contro il mio tocco, e dimenticai tutto il resto. Il mio pensiero era soltanto uno.

Gustarla di nuovo.

Con le dita ancora affondate nella zona sensibile all'apice delle cosce, la afferrai con l'altra mano per girarla verso di me. Mi ricordai della fasciatura soltanto quando la sentii sbattere contro di me.

Sollevai la testa dalla curva della sua spalla, che stavo accarezzando con la lingua, e la guardai.

"Tutto bene?" domandai.

Aprì gli occhi e incrociò i miei, lasciandomi senza fiato e con il cuore che martellava a dismisura nel petto. Cazzo. Aveva degli occhi meravigliosi. Azzurro cielo, velati di sonno e desiderio, e il sole che filtrava attraverso le ciglia li faceva brillare. Ero fottuto. Quella donna mi teneva per le palle senza nemmeno saperlo. Socchiuse gli occhi, infastidita.

Perfetto, cazzo. Onestamente, quel suo lato così facilmente irritabile e scontroso lo adoravo. Lo trovavo incredibilmente attraente. Era bella da togliere il fiato, ma non mi ero mai fermato soltanto alle apparenze. Amavo quella contraddizione tra l'aspetto fragile e la personalità spinosa e sarcastica.

"Sto bene," disse.

Aveva sicuramente cercato di rispondermi male, ma le parole le erano uscite in un sussurro ansimante. Ritrassi le dita per affondarle di nuovo dentro di lei e, quando la sentii stringersi attorno ad esse, l'erezione minacciò quasi di scoppiare.

"Mi fa piacere," dissi, senza nascondere un sorriso compiaciuto.

Tracciai una scia di baci sul suo corpo minuto, fino a posare le labbra sulla parte più intima. La sua pelle un misto di dolce e salato, la sua femminilità come miele e muschio. Ne volevo ancora e ancora. Senza smettere di fotterla con le dita, iniziai a torturarla con la lingua. Avrei potuto farlo per ore, ma l'orgasmo la travolse subito con un urlo di soddisfazione. Mi sollevai e rotolai giù dal letto. La presi tra le braccia e mi chinai per raccogliere un preservativo dal cassetto del comodino rimasto aperto dalla notte prima.

Iniziò ad agitare i piedi e domandò, "Che stai facendo?"

Ma quando rise, per poco non mi esplose il cuore.

Lucy mi faceva provare cose mai sentite prima, a livello fisico e sentimentale. Non mi sarei mai aspettato di ritrovarmela nel letto. Anzi, ormai mi ero rassegnato, convinto che tra di noi non ci sarebbe mai stato niente. Invece avevo potuto farla mia e dormire al suo fianco, baciarla tutta e sentirla ridere tra le mie braccia. Mi sentivo in paradiso.

"Dobbiamo farci la doccia," dissi, accendendo l'acqua con il gomito.

Quando il bagno si riempì di vapore, feci per entrare nella doccia.

"Ehi, devo togliere la fasciatura."

Feci subito un passo indietro, senza metterla giù. Onestamente, avrei voluto stringerla per sempre. La aiutai a rimuovere la fasciatura e la posai con cura sul bancone del lavandino.

Gli occhi fissi nei miei, domandò, "Quand'è che hai intenzione di mettermi giù?"

"Fra un secondo."

Entrai in doccia e la feci scivolare a terra, infilandomi in qualche secondo il preservativo. Come fece per girarsi verso di me la fermai, con le mani ben salde sul fondoschiena rotondo. Colse subito il messaggio e si appoggiò alla parete, inarcandosi verso di me. Non c'era nemmeno bisogno di controllare fosse pronta perché sapevo quanto era bagnata. Le allargai le natiche deliziose e mi posizionai sulla sua femminilità.

La sfregai per un po', indugiando prima di affondare in lei. Dalle sue labbra uscì un gemito e scivolai dentro con una spinta. Il suo corpo si irrigidì leggermente, quindi mi fermai.

"Ho corso troppo? Tutto bene?"

Lucy girò la testa, i capelli dorati bagnati sulle spalle e gli occhi scintillanti. Scosse con forza la testa. "Oh, mio Dio! Sto bene."

Per sottolineare le sue parole, iniziò a muoversi e con una spinta lo prese tutto fino in fondo.

Con un grugnito, mi abbandonai all'immensa sensazione di piacere. Avrei voluto godermela con calma, ma sarebbe stato impossibile. Continuava ad assecondare le mie spinte con i fianchi, la sentivo pulsare e stringersi attorno a me. In men che non si dica, l'orgasmo era lì, pronto a esplodere. Una fitta di piacere trapassò la schiena e i testicoli. Le avvolsi un braccio sul fianco, affondai le dita tra i riccioli morbidi e iniziai a stuzzicare il clitoride. Quando lanciò un urlo, non riuscii più a trattenermi e mi riversai dentro di lei. L'orgasmo così violento che quasi mi cedettero le ginocchia.

Grazie al cielo accanto a me c'era una parete. Una mano ben salda sulle piastrelle, l'altra nella carne del suo fianco. Ancora sconvolto e col fiatone, mi fermai a riprendere fiato.

Quando il martellio del mio cuore si placò e il respirò tornò regolare, realizzai che non volevo muovermi. Avrei volentieri passato la vita congiunto così intimamente a Lucy.

Si girò a guardarmi, con un sorriso impertinente sulle labbra.

"Già finito?" chiese.

Mi scappò una risata. "Colpa tua."

Sbarrò leggermente gli occhi.

"In che senso?" domandò.

La lasciai andare e ripresi a stuzzicare il clitoride e la pelle morbida poco più su di dove il mio pene la stava penetrando.

Con un gemito roco, contrasse i muscoli.

"È troppo bello. Farlo con te è troppo bello," risposi, deliziato.

Arrossì e distolse lo sguardo. Le feci scivolare una mano sulla schiena, mentre il getto d'acqua cadeva sui nostri corpi. Per quanto avrei voluto restare dentro di lei, sapevo di non poterlo fare. Sfilai lentamente il pene e mi tolsi il preservativo, sporgendomi dalla doccia per gettarlo nel cestino accanto al lavandino.

Quando tornai dentro, Lucy aveva già incominciato a insaponarsi. Le bolle di sapone sulle curve e la pelle leggermente arrossata mi eccitarono da morire. Per un qualche miracolo ero già pronto per il secondo round, ma Lucy si era già spinta molto più in là di quanto mai mi sarei aspettato, quindi meglio non tentare la sorte.

Quindi cercai di contenere il desiderio ardente che bruciava solo per lei. Dopo la doccia ci vestimmo per scendere al piano di sotto, dove iniziai a preparare la colazione. Stranamente, era rimasta lì con me. Quando ricevetti una chiamata dalla caserma per un'emergenza mi offrii di accompagnarla al lavoro, ma scosse semplicemente la testa.

Prima di scendere i gradini, mi girai istintivamente a guardarla sul portico. La tentazione di baciarla era quasi irrefrenabile, ma era come se Lucy avesse di nuovo alzato un muro tra di noi. Decisi che non era il momento di provare a scavalcarlo.

————

Durante il lavoro, Lucy continuava a riemergere tra i miei pensieri. Quel pomeriggio ci fu nuovamente un'emergenza in un bosco poco lontano. Quell'incendio non ci aveva dato tregua per tutta l'estate. Ma in Alaska era piuttosto comune. C'erano moltissime distese di foreste selvagge dove gli incendi domati potevano risvegliarsi per colpa del vento o di altri fenomeni.

Ce ne occupammo io e Cade con le nostre squadre. Passammo il pomeriggio a creare nuove strisce tagliafuoco. Dei turisti se n'erano fregati altamente del divieto di accendere fuochi e il vento era cambiato di nuovo.

Quando quella sera tornammo in caserma ero stanco morto e affamato, così come i miei uomini. Uscito dalle docce, vidi Amelia e Cade abbracciarsi. Niente di insolito. Anzi, un pomeriggio simile era all'ordine del giorno nella vita di un hotshot. Ero abituato a vedere i miei compagni ricongiungersi alla persona amata alla fine di una lunga giornata, o quando tornavamo da settimane di lavoro nel bel mezzo della natura selvaggia dell'Alaska.

Mi tornò subito in mente Lucy, pensando a quanto sarebbe stato bello vederla lì al mio ritorno. Scossi con decisione la testa. Probabilmente aveva fatto i bagagli e se n'era già andata di casa. La cosa non mi avrebbe sorpreso più di tanto. Quando Cade la lasciò andare, mi avvicinai a salutare. Attorno al tavolo dell'area relax c'erano ancora molti dei nostri ragazzi.

Cade si appoggiò al tavolo, iniziando a chiacchierare con loro.

Amelia incrociò il mio sguardo. "Per fortuna Lucy la stai ospitando tu."

"Oh?" replicai, confuso.

"Beh, abbiamo appena scoperto che la caldaia che vogliamo adesso non è disponibile, quindi dovremo aspettare altre tre settimane. L'abbiamo già pagata. Sceglierne un'altra potrebbe richiedere ancora più tempo, quindi al momento siamo accampati dai genitori di Cade. So che Lucy non ha ancora trovato un'alternativa. Se fosse appena iniziata l'estate non avrebbe avuto tanti problemi, ma adesso sono tutti pieni," spiegò Amelia.

Annuii, trattenendo un sorriso. Amelia non poteva nemmeno immaginare quanto la cosa mi rendesse felice. Speravo di poter ripetere ancora e ancora quello che c'era stato tra me e Lucy la notte prima e quella mattina. Ma non sapevo cosa avesse detto ad Amelia. Conoscendola probabilmente niente, quindi evitai di soffermarmi sull'argomento.

Con un'alzata di spalle, risposi. "Da me è la benvenuta, può restare quanto vuole. Continuo a ripeterle che lo farei per qualsiasi amico."

Beck Steele si avvicinò dallo spogliatoio.

"Ehi, supereroe," dissi.

Beck si era guadagnato quel soprannome quando un'anziana salvata da un incendio aveva trovato che il suo nome fosse simile a quello di uno degli eroi dei film d'azione.

Beck alzò gli occhi al cielo. "Non sono un supereroe. Anzi, lo siamo tutti quanti."

"Andiamo al Wildlands, ragazzi?" chiese Cade, spostando lo sguardo attorno al tavolo.

Avrei voluto chiamare Lucy per invitarla, ma non volevo essere troppo invadente. E rifiutare avrebbe destato troppi sospetti indesiderati, visto che non perdevo mai l'occasione per prendermi qualche birra a cena con i ragazzi. Quindi annuii. Accettarono praticamente tutti e uscimmo dalla caserma, diretti verso il Wildlands, uno dei ritrovi preferiti di locali e turisti.

Incrociai lo sguardo di Amelia quando salì sul pickup accanto al mio. "Vieni anche tu?"

Annuì. "Sì. Lucy e Susannah sono già lì, mentre Maisie arriva tra poco."

Con il tono più pacato possibile, cercando di trattenere l'emozione, replicai, "Allora a dopo."

Ma appena seduto in macchina, sfoderai un sorriso a trentadue denti. Avevo preferito non pensarci troppo, ma temevo che Lucy sarebbe riuscita a trovare un modo per evitarmi. Beh, scaccomatto.

Capitolo Tredici

LUCY

Seduta al Wildlands, mi guardai intorno. Il resort, con bar e ristorante, era una delle mete preferite di locali e turisti. Si erigeva sulle rive del lago di Swan, il gioiellino di Willow Brook. Con la sua posizione privilegiata, il Wildlands gestiva addirittura un servizio di idrovolanti per trasportare i turisti nella natura selvaggia dell'Alaska. Cacciatori, escursionisti, pescatori, visitatori ed ecoturisti si fermavano nel suo delizioso albergo o lo usavano come base per partire all'avventura. Il bar era affollato tutto l'anno, così come quella sera. Io e Susannah eravamo arrivate prima delle nostre amiche, trovando un tavolo accanto alle finestre.

Mentre Susannah parlava al telefono, mi fermai ad ammirare il lago. Il panorama era spettacolare, come in fondo lo era tutta l'Alaska. L'altra riva distava poco meno di un chilometro. Betulle e pioppi puntellavano la costa misti ad abeti rossi. Una palude su una sponda, dove un branco di alci sgranocchiava le foglie degli ontani, mentre sul lato opposto una foresta d'abeti rossi si estendeva fino ai piedi della Catena dell'Alaska.

In quel periodo i tramonti si protraevano per ore. Quella sera il cielo era un acquarello con sfumature rosa e viola, e timidi fasci dorati. Il sole pareva una sfera arancione, quasi del tutto scomparsa oltre l'orizzonte. La luna disegnava una falce a est, nella fioca luce del crepuscolo. Uno stormo di cigni trombettieri scivolava sulla superficie dell'acqua tinta di rosa. *Swan*, cigno, il lago prendeva il nome proprio da questi eleganti uccelli che frequentavano le sue acque.

In lontananza si udiva il ronzio di un idrovolante in avvicinamento. Lo guardai atterrare dolcemente sul filo dell'acqua, lasciando una scia che disturbò i cigni. Quando Savannah terminò la telefonata, mi voltai nuovamente verso di lei.

"Che succede?" le chiesi, mentre guardava infastidita il telefono sul tavolo.

Susannah si sistemò i capelli biondo ramato dietro le orecchie. Come Levi, era una hotshot. Sebbene non facesse parte né della sua squadra né di quella di Cade, li aiutava in caso di difficoltà. Quel pomeriggio, tutte le squadre tranne una erano state inviate a domare un incendio fuori città. Mi trattenni dal farle domande su Levi. Odiavo preoccuparmi per lui, il modo in cui non riuscivo a togliermelo dalla mente.

Susannah bevve un sorso di birra prima di rispondere. A prima vista, nessuno avrebbe mai potuto immaginare la sua forza. Aveva un fisico da paura, ma l'aria molto tenera. Con riccioli biondo ramato, grandi occhi azzurri e guance puntellate di lentiggini, era davvero molto bella. Nonostante l'aspetto femminile, i ragazzi la consideravano uno degli hotshot più impavidi della caserma.

Lanciò un'altra occhiataccia al telefono e si strinse nelle spalle. "Era Ward."

"E chi sarebbe questo Ward?"

"Abbiamo fatto insieme l'addestramento da hotshot in California," mi spiegò.

"Ok, e perché sei arrabbiata con il tuo telefono?"

Alzò gli occhi al cielo. "Continua a chiamarmi. Diciamo che abbiamo dei trascorsi."

"Cioè?" replicai.

Susannah arrossì. "Dei trascorsi."

"Uscivate insieme? Sicuramente c'è stato qualcosa tra di voi, altrimenti non ti darebbe fastidio una semplice chiamata."

Lo sguardo duro di Susannah si posò su di me. "Non è stato niente di speciale, giusto un'avventura di una notte. Quindi proprio niente."

"Beh, un'avventura di una notte è pur sempre qualcosa. Certo, non è nulla di che, ma non arriverei a dire che non è *niente*."

Mi lanciò un'altra occhiataccia. "Oh, proprio tu non azzardarti a rompermi le scatole in fatto di uomini," disse con una risata.

"In che senso?" domandai, cercando senza successo di non sembrare offesa.

Susannah appoggiò il mento sulla mano, stringendo gli occhi. "Beh, diciamo che sei molto... anti-uomini."

Incassai il colpo. "Non sono anti-uomini," protestai.

"Allora perché non esci mai con nessuno?"

Bevvi un lungo sorso di birra prima di guardarla. Per mezzo secondo ero quasi tentata di parlarle di Levi, ma mi avrebbe certamente tempestata di domande a cui non avrei saputo rispondere.

"Anche se non mi piace frequentare qualcuno non significa che sia anti-uomini," replicai, riuscendo a mantenere un tono pacato. "Ma perché questo tizio ti sta chiamando? Quand'è stata l'ultima volta che ci hai parlato?"

Susannah inclinò la testa di lato, tamburellando le dita sul tavolo. "Non lo sento dall'addestramento."

"Quanto tempo fa?"

"Quattro anni," rispose, senza aggiungere altro.

"E perché ti starebbe contattando dopo tutto questo tempo?"

Arrossì e prese in mano il bicchiere, sospirando malinconicamente quando lo trovò vuoto. "Perché ha appena accettato una posizione qui a Willow Brook. Nella mia squadra," aggiunse.

"Oh. Beh, se tra di voi c'è stata solo un'avventura di una notte perché ti importa?"

Non avrei voluto dirlo a voce alta, ma quella domanda valeva anche per me. Dopo quell'avventura con Levi avevo passato la giornata a chiedermi cosa ci fosse davvero tra di noi.

"Perché è stato il sesso migliore della mia vita," ammise, sempre più rossa.

A sua insaputa, il suo commento fece riaffiorare all'istante ricordi della notte prima e di quella mattina insieme a Levi. Era stato il sesso migliore che avessi mai fatto. Soltanto pensarci mi fece eccitare.

"Allora, è stata solo un'avventura di una notte perché è successo qualcosa tra di voi o..."

Susannah scosse la testa. "È successo la notte prima che tornassi qui," spiegò, sporgendosi a chiamare una cameriera che stava zigzagando tra i tavoli con un vassoio in mano.

Susannah mi guardò di nuovo, accigliata. Vederla così preoccupata mi strinse il cuore. Fino al giorno prima non sarei riuscita a capirla fino in fondo.

"Beh, magari il suo trasferimento è una buona cosa," affermai.

Susannah mi lanciò un'occhiata. "E perché dovrebbe? Lavorare nella stessa squadra potrebbe essere problematico, quindi spero..." Fece una pausa, agitando la mano mentre cercava le parole giuste. "... che ciò che un tempo c'era tra di noi sia scomparso."

"Ehm, d'accordo..." dissi, senza aggiungere altro. Susannah era una ragazza diretta e decisa, non ero abituata a vederla così disorientata. Soprattutto non per un uomo. Ma, sinceramente, era un sollievo. A essere onesta con me stessa, odiavo da impazzire non sentirmi in controllo di me stessa o della situazione. E Levi mi faceva impazzire. Lo scacciai dalla mente, concentrandomi di nuovo su Susannah.

"Secondo me provi ancora qualcosa per lui, altrimenti non ti faresti tutti questi problemi," dichiarai.

La cameriera arrivò al nostro tavolo. Susannah ordinò al volo una birra e si voltò di nuovo verso di me. "Il problema è che non lo vedo da quattro anni, quindi non so cosa pensare. Ma tornando a te. Tu te ne freghi sempre degli uomini. Sai, ti invidio," disse schietta.

La tensione mi attanagliò lo stomaco. Quel giorno ero tesissima. Non riuscivo a smettere di pensare a Levi. Purtroppo lo desideravo ancora più di prima. Essermi finalmente lasciata andare non aveva fatto altro che versare benzina al fuoco dell'incendio che divampava già violento tra di noi. Ma le fiamme avevano lasciato un'ustione deliziosa e piacevole sul mio cuore. L'incendio era diventato indomabile e non sapevo più cosa fare.

Non mi aspettavo che mi sarei sentita così. Pensavo sarebbe stato soltanto sesso. Ma ovviamente era stato il sesso migliore di *tutta* la mia vita. Con lui c'era qualcosa che andava oltre il puro godimento fisico, l'attrazione — qualcosa che mi aveva colpita dritta al cuore. Per quanto avessi sempre rifiutato qualsiasi uomo, non mi piaceva essere così. Avrei voluto sentirmi più rilassata e, beh, normale.

Incrociai lo sguardo di Susannah. "Non sono anti-
uomini e non è vero che me ne frego. È solo che non
ne parlo molto. Sono molto felice per Amelia," risposi,
riferendomi alla sua relazione da favola con Cade. "Se
Ward arriva e il vostro rapporto dovesse evolversi in
qualcosa di più serio sarei davvero tanto felice per te.
Cavolo, da quando Maisie e Beck si sono messi
insieme ho iniziato a credere nelle storie a lieto fine.
Non mi sarei mai aspettata di vedere una come lei
mettere su famiglia, figuriamoci Beck."

Susannah sfoderò un sorriso. "Vero? Sono una
coppia perfetta."

Manco a farlo apposta, Amelia e Maisie apparvero
tra la folla all'ingresso. Si fecero strada verso il nostro
tavolo, sedendosi con noi. Susannah aveva scelto un
largo tavolo rotondo, aspettandosi che dalla caserma
sarebbero arrivati in molti. Ci sarebbe stato anche
Levi?

Amelia appoggiò i gomiti sul tavolo, sospirando.
"Ho proprio bisogno di bermi qualcosa," annunciò.

"Sì?" risposi, guardandola.

"Non te l'ho ancora detto perché non ci siamo
viste, ma la caldaia che abbiamo ordinato non arriverà
ancora per un paio di settimane. Adoro i genitori di
Cade, ma voglio tornare a casa mia."

La notizia avrebbe dovuto avvilirmi, ma non lo
fece. Senza un colpo di fortuna, fino a ottobre non
avrei trovato una casa nuova. Janet mi aveva assicurato
che al B&B sarebbe riuscita a trovarmi una camera
anche prima, addirittura offrendosi di non farmi
pagare. Ovviamente non glielo avrei permesso, ma
tanto mancavano ancora qualcosa come sei settimane,
quindi non aveva senso pensarci.

La mia reazione, o meglio la mia mancanza di
reazione, mi lasciò confusa. Da una parte la tensione

mi stringeva lo stomaco. Restare con Levi stava mettendo a dura prova i miei limiti. Dall'altra, invece, volevo fare i salti di gioia. Era la scusa perfetta per passare più tempo insieme. E magari ricevere di nuovo quello che mi aveva dato la notte prima. Non potevo credere a me stessa, ma il desiderio era *troppo* forte.

Amelia mi stava guardando intensamente e realizzai di non aver risposto.

"Ah, che scocciatura," replicai.

"Mamma mia, Lucy. Ti sei persa nella tua testa per un minuto buono," commentò Maisie con un sorriso.

Maisie era tanto carina, forse anche troppo. Con le guanciotte tonde, i ricci scuri e grandi occhi marroni era assolutamente adorabile. La gravidanza la rendeva ancora più bella. Quando aveva iniziato a lavorare alla caserma era sempre scontrosa, ma nell'ultimo anno eravamo diventate amiche. Sapendo cosa significhi sentirsi come un pesce fuor d'acqua, vederla aprirsi con tutti mi aveva resa molto felice. Beck la venerava. Playboy della città, per lei si era trasformato nel fidanzato più fedele del mondo.

Stava provando a convincerla a optare per un matrimonio in gran stile, ma lei non voleva sentirne ragioni. Tirando a indovinare, probabilmente non era abituata a essere il centro dell'attenzione. Alla fine Beck la adorava, quindi avrebbe accettato qualunque cosa. Il cuore iniziò a battermi forte, un nodo mi strinse la gola.

Vedere le mie amiche così innamorate non aveva mai suscitato nulla nel mio cuore. Fino a quel momento. Quando pensavo che il sesso non fosse poi niente di che, continuare a frequentare seriamente qualcuno non mi sembrava altro che una perdita di tempo. E poi odiavo abbassare la guardia, mi faceva sentire troppo vulnerabile.

Per non perdermi di nuovo tra i miei pensieri, incrociai lo sguardo di Maisie con una risata. "È stata una giornataccia. Mi ero giusto incantata."

Grazie al cielo, arrivò la cameriera. Dopo aver preso gli ordini, ci chiese quanta gente sarebbe arrivata.

Amelia la guardò. "Di sicuro Cade, Beck e Levi. Qualcun altro?" chiese, rivolgendosi a noi.

"Jesse e forse anche Thad, ma poi non saprei," aggiunse Maisie. Essendo la centralinista di Willow Brook, Maisie faceva da tramite per la caserma.

Prima di andarsene, la cameriera disse che sarebbe ripassata più tardi. Sentire il nome di Levi mi fece tremare in anticipazione. Non lo vedevo da quella mattina e sembrava quasi un'eternità. Assolutamente ridicolo. Un caldo languore aveva iniziato a dilagarsi nel basso ventre e iniziai a strofinare insieme le gambe, mentre l'eccitazione cresceva.

Per fortuna potevo distrarmi a chiacchierare. Mentre Maisie e Amelia discutevano sulle torte nuziali, mi voltai verso la finestra. Il sole era ormai quasi del tutto scomparso all'orizzonte, i raggi dorati alti nel cielo. Amavo vivere a Willow Brook. Era diventata ormai la mia casa. Ero riuscita a farmi molti amici e a trovare un lavoro appagante. Il panorama meraviglioso riusciva ancora a togliermi il fiato.

Sicuramente mia madre non se ne rendeva conto, ma portarmi via dall'affidamento per trasferirci lì mi aveva cambiato la vita in meglio. Eppure, ai tempi ero contrariata. In tribunale avevo ascoltato infastidita mia madre mentre implorava il giudice di darle una seconda chance, giurando che aveva lasciato mio padre. Ero convintissima che stesse mentendo. Ma mi sbagliavo. Per la prima volta, aveva scelto me e non lui.

Nonostante fossi felice di aver trovato un posto

così bello in cui vivere, il nostro passato era un ostacolo enorme per il nostro rapporto. La sua incondizionata sottomissione a mio padre aveva lasciato ferite indelebili nel mio cuore.

Uscite dal tribunale, avevo un paio d'ore per tornare dalla mia famiglia affidataria e fare i bagagli. Non erano stati i genitori migliori del mondo, ma non potevo lamentarmi. Tutto sommato ero una ragazzina molto tranquilla, che preferiva starsene per i fatti propri. Il pensiero di trasferirmi in un'altra città non mi elettrizzava. Ma qualche ora dopo, mi ritrovai su un aereo diretto in Alaska.

A Willow Brook ero riuscita finalmente a trovarmi bene a scuola. Mi ero fatta anche qualche amico. Dopo il diploma e la laurea, avevo iniziato a lavorare con Amelia. Finalmente sentivo di aver trovato un posto da chiamare casa.

Amavo il mio lavoro, amavo i miei amici ed era un luogo in cui sentivo di appartenere. Mia madre viveva ancora lì e, perfino dopo tutto quel tempo, mi aspettavo che da un momento all'altro se ne sarebbe andata per tornare da mio padre. Il nostro rapporto non era dei migliori. Di solito passavo a trovarla o le telefonavo comunque qualche volta al mese. Anche lei era riuscita a farsi qualche amico, inclusa Janet, che le aveva provate tutte per farci riavvicinare. Ma non mi sentivo ancora pronta.

Con lo sguardo puntato sul lago di Swan, circondata dalle mie amiche, mi sentivo più felice che mai, nonostante l'ansia di vedere Levi che mi attanagliava. Eppure, dopo anni, una fitta di rimorso mi attanagliava la gola. Avevo deciso che l'amore non faceva per me. Alcuni sicuramente erano molto fortunati e avevano trovato l'anima gemella, ma la vita mi aveva insegnato ad avere aspettative molto basse. La serenità e il sollievo trovati dopo essere fuggita a mio padre erano ancora radicati nel mio cuore. Vedere il modo in cui aveva fatto a pezzi mia madre mi aveva insegnato a fare affidamento soltanto su me stessa.

Non ero pronta alle reazioni che quei momenti di intimità con Levi avevano scatenato in me. Un altro promemoria di quanto fosse meglio evitare qualsiasi legame sentimentale. Non avevo bisogno di un uomo, né tantomeno di Levi. Il desiderio sessuale non equivale all'amore. E tra di noi c'era soltanto quello.

Capitolo Quattordici

LUCY

I ragazzi arrivarono poco dopo al Wildlands e Beck ci raggiunse per primo. Per un certo periodo Cade si era aggiudicato il primato di uomo più succube delle sua donna. Ma adesso aveva lasciato il primo posto a Beck. Con Maisie era davvero allucinante. Non faceva che metterla in imbarazzo con le sue continue dimostrazioni d'affetto.

In quel momento, per esempio, arrivò alle sue spalle e la baciò dolcemente sul collo, prima di voltarle il viso e baciarla come fossero da soli. Quando si staccò dalle sue labbra, Maisie aveva le guance tutte rosse e i capelli arruffati.

"Andate a cercarvi una stanza, voi due," commentò Cade con una risata, sedendosi accanto ad Amelia e baciandola sulla guancia.

Beck si strinse nelle spalle, prendendo posto vicino a Maisie. "Sono solo felice di vederla. E poi parli proprio tu. Sei messo male quanto me, bello."

Cade scosse lievemente la testa, proprio quando arrivò la cameriera. Saggiamente, Amelia aveva preso dei boccali di birra per i ragazzi. Mentre gli altri ordinavano, mi domandai se per caso Levi avesse cambiato idea all'ultimo momento. Mai mi sarei aspettata di sentirmi così ansiosa di vederlo. A me non aveva detto nulla, ma Maisie pensava sarebbe venuto e ci avevo sperato con tutta me stessa.

Qualche istante dopo sentii la sua voce e lo vidi arrivare dal corridoio sul retro. Il suo sguardo incrociò il mio, facendosi subito più intenso. Uno stormo di farfalle prese a svolazzarmi nello stomaco e strinsi con forza le cosce. Dovevo darmi un contegno. Santo cielo, stava soltanto camminando. Non volevo mettermi in imbarazzo, non davanti ai miei amici. Non volevo dare troppo dell'occhio. Levi arrivò al tavolo con passo sciolto e occupò l'unica sedia vuota. Manco a farlo apposta, accanto a me.

Mi guardò e, con voce bassa ma appena udibile sopra il brusio del locale, mi salutò, "Ehi, Lucy. Oggi mi sei mancata."

Quella voce sensuale come whisky irlandese mi fece venire la pelle d'oca. Mi si scaldarono subito le guance. "Non dire così," sibilai.

"E perché no?" replicò, uno dei suoi sorrisetti maledettamente sexy sulle labbra. I capelli biondo scuro erano ancora umidi, probabilmente dopo una doccia in caserma.

Decidendo di deviare il più possibile da quel commento, cambiai subito argomento. "Anche tu ti sei occupato di quell'incendio fuori città?"

"Certamente. Siamo riusciti a creare delle buone fasce tagliafuoco. Il vento sembra essersi calmato, quindi dovremmo riuscire a estinguerlo."

Susannah disse qualcosa e Levi si girò a rispon-derle, prendendo il boccale di birra che gli stava passando Cade. Era una delle nostre tante serate tra amici. Io e Levi facevamo parte della stessa cerchia.

Sapevo giusto qualcosina sul suo conto. Si era trasferito a Willow Brook dopo le superiori da Juneau ed era partito successivamente in Arizona per l'addestramento da hotshot. Sua madre era nata a Willow Brook, per questo aveva deciso di tornare insieme alla sua famiglia.

Dopo i momenti ardenti che avevamo condiviso la notte prima, quella normalissima uscita tra amici non sembrava affatto normale. Avevo il corpo in fiamme — dentro e fuori. Non vedevo l'ora di tornare a casa sua e averlo di nuovo tutto per me.

Non mi riconoscevo nemmeno più. Gli altri nel frattempo stavano parlando di lavoro. Lavorando praticamente tutti alla caserma, l'argomento principale erano fuoco e incendi. Seguivo distrattamente la conversazione, sorseggiando birra e mangiucchiando pane ancora caldo. Ma un commento mi fece drizzare le orecchie.

"Secondo voi ci chiameranno per quell'incendio fuori Fairbanks?" domandò Beck.

Con un'alzata di spalle, Levi bevve un sorso di birra. "Non saprei. Però non lo escluderei, dovrebbe essere il nostro turno."

Maisie gli lanciò un'occhiata preoccupata. Era normale vedere le mie due amiche così nervose per i propri uomini. Lo trovavo piuttosto normale. Il lavoro degli hotshot era incredibilmente pericoloso e massacrante, e a volte li teneva lontani da casa per settimane. Non avendo legami con nessuno, non provavo nulla di simile. Ma non perché non provassi empatia.

Però in quel momento, guardando Levi, sentii una morsa al petto inaspettata.

Capitolo Quindici

LEVI

La luce metteva in risalto le sfumature dorate dei capelli di Lucy, raccolti in una coda di cavallo frettolosa. Senza neanche impegnarsi, era bella da togliere il fiato. Dal mio posto avevo una perfetta visuale sul solco tra i seni. Un uomo come un altro avrebbe semplicemente apprezzato lo spettacolo. Ma io ero pazzo di lei. Mi venne così duro che iniziai seriamente a sentirmi a disagio, circondato dai miei amici.

Per fortuna stavano tutti chiacchierando amabilmente tra di loro.

Apprezzai molto il fatto che Lucy non indossasse un berretto da baseball come al solito. La coda di cavallo era leggermente sbilenca, mentre alcune ciocche selvagge le adornavano il viso. Con le guance arrossate, rise a un commento di Amelia. Era leggermente brilla, quindi più tardi avrei dovuto darle un passaggio.

"Levi!" mi chiamò Jesse Franklin dall'altra parte del tavolo.

Lo guardai. "Sì?"

"Ma sei diventato sordo? Ti sto chiamando da mezz'ora," replicò Jesse con una risata.

Francamente, avevo la testa da tutt'altra parte. La mia mente non riusciva a concentrarsi su nient'altro che Lucy. Beh, e tutto il sangue era affluito nelle parti basse. Con un'alzata di spalle, ricambiai il sorriso. Jesse faceva parte della mia squadra. Un tipo affidabile e sempre con la battuta pronta.

"Stiamo scommettendo sul Nenana Ice Classic per la prossima primavera," spiegò Jesse.

"Di già? Ancora ce ne vuole di tempo," risposi.

Si riferiva a una specie di scommessa annuale tipica dell'Alaska, che consisteva nell'indovinare quando si sarebbe spaccato il ghiaccio del fiume Nenana.

Beck incrociò il mio sguardo. "Stiamo facendo una lotteria tra di noi, quindi dobbiamo scommettere prima."

"Cosa si vince?"

Cade rise, guardandosi intorno. "Levi scommette solo se ne vale la pena."

Alzai gli occhi al cielo. "E quindi? Altrimenti non ha alcun senso."

Jesse rise. "Beh, per il momento in caserma abbiamo racimolato più di cinquecento dollari."

Beck aggiunse, "L'anno scorso Levi come primo premio aveva proposto un televisore al plasma."

Sentii lo sguardo di Lucy su di me e mi voltai, stringendomi timidamente nelle spalle. "La mia si era rotta, quindi volevo guadagnarci qualcosa di utile. Comunque ci sto. Quant'è la puntata minima?"

"Venti dollari," rispose subito Jesse.

"D'accordo, domani ti do i soldi."

Cade era seduto davanti a me con un braccio sulle spalle di Amelia, che mi stava guardando in modo curioso. Poi il suo sguardo si spostò da me e Lucy. Non è che Lucy le aveva detto qualcosa su di noi? Certo, erano migliori amiche, ma era comunque una persona molto riservata. Ignorai lo sguardo di Amelia e ascoltai Jesse e Beck, intenti a discutere sul ghiaccio del Nenana. Lucy mormorò qualcosa che non colsi subito, quindi mi chinai per sentirla meglio.

"Come hai detto?" le domandai.

I nostri sguardi si incrociarono e un desiderio ardente mi pervase. Ripensai alla notte prima — gli occhi intensi di Lucy, annebbiati dalla passione, stretta e pulsante attorno a me quando l'orgasmo la travolse, strappandole un urlo ansimante di piacere.

"Oh, ho solo detto che mi sembra stupido scommettere adesso. Siamo ancora in estate," disse con un'alzata di spalle.

Sorrisi. "Proprio per quello è divertente. Così lasciamo tutto al caso. E vincere sarà ancora più soddisfacente."

Resse il mio sguardo per un instante e quasi mi persi nei suoi occhi.

Inclinò la testa di lato, perplessa. "Davvero? Io preferisco sapere," disse.

"Sapere cosa?"

"Beh, le mie probabilità. Mi piace organizzarmi e prendere decisioni tenendo in considerazione tutte le eventualità," spiegò.

Mi morsi la lingua. Ero tentato di chiederle quali eventualità aveva preso in considerazione prima di buttarsi nel mio letto. Ma non volevo farla arrabbiare.

In quei giorni ero impegnato a interpretare qualsiasi cosa mi dicesse. Quella donna rimaneva un vero mistero. Era sempre stata distaccata e diffidente, ma quando aveva iniziato a lavorare con Amelia era stata lentamente risucchiata nella mia cerchia di amici. Nonostante le apparenze, era una donna molto forte — dentro e fuori. La sua bellezza mozzafiato era assolutamente irresistibile, ma all'inizio la vedevo più come una sfida contro me stesso.

Dopo le sue azioni della sera prima la capivo ancora meno. Era una donna passionale, quello me lo aspettavo. Ciò che però non mi sarei mai aspettato era l'estrema vulnerabilità che percepivo dietro la sua corazza di scontrosità.

Quindi le piaceva avere sempre il controllo di tutto, pianificare e organizzarsi tenendo in considerazione le evenienze. Buono a sapersi. Se volevo avere qualche possibilità con lei...

Ma che cavolo stavo facendo? Non era da me pensare a quelle cose. Però con Lucy era diverso.

La guardavo, completamente perso in lei, ed era come se fossimo soli. Mi resi conto di conoscere molto poco sul suo conto.

Si era trasferita a Willow Brook all'ultimo anno di superiori. Anche la mia famiglia era arrivata più o meno nello stesso periodo da Juneau. Sua madre la conoscevo di vista, tutto lì. Se suo padre faceva ancora parte della sua vita, sicuramente non viveva a Willow Brook. Per quanto d'estate il paese si riempisse di gente, il numero di abitanti era piuttosto ristretto. Tutti conoscevano tutti, almeno di nome.

Sua madre l'avevo vista giusto qualche volta perché amica di Janet James e mia mamma. Poi non sapevo nient'altro sulla vita di Lucy, tranne il suo lavoro e le amicizie. Un'irrefrenabile curiosità si risvegliò dentro di me. Volevo sapere perché fosse diventata così diffidente e scorbutica, perché continuasse ad allontanarmi e perché inizialmente avesse rifiutato categoricamente le mie avances.

Ma tra di noi la scintilla c'era e la sua fiamma prendeva vita quando eravamo insieme. Accidenti, ormai da quella scintilla era divampato un incendio. Ma tra noi era sempre stato così, anche se non aveva voluto darmi una chance. Fino a quel momento.

Capitolo Sedici

LEVI

Uscii nel parcheggio del Wildlands, alzando lo sguardo sul cielo notturno. Le stelle brillavano luminose come diamanti, mentre la luna proiettava un chiarore argentato sul lago di Swan. Qualcuno mi tirò per la manica e vidi Amelia.

"Posso aiutarti?" le chiesi.

Annuì. "Ti prego, dai un passaggio a Lucy."

Prima di uscire, Lucy si era scusata per andare al bagno.

"Tranquilla, è proprio quello che volevo fare," replicai.

Cade era accanto a lei, con una mano infilata nella tasca posteriore di Amelia. Incrociò il mio sguardo e, con un cenno di approvazione, aggiunse, "Ottima idea. Ha bevuto qualche birra di troppo."

"Vuoi che l'aspetti qui con te?" chiese Amelia.

Mi strinsi nelle spalle, perplesso. "E perché?"

Amelia si morse l'interno della guancia. "Beh, potrebbe mettersi a discutere e rifiutare il passaggio," disse, con l'accenno di un sorriso sulle labbra.

Al che risi. "Oh, senza dubbio. Ma ci penso io. Voi andate pure. A domani," risposi, guardando Cade.

Amelia sembrava titubante, ma Cade annuì con decisione. "D'accordo. Andiamo, amore. Sai che se provi a dirle cosa fare si arrabbia ancora di più."

Amelia gli lanciò un'occhiataccia, ma lo seguì. Cade aveva proprio ragione. Lucy odiava quando qualcuno provava a dirle cosa fare, soprattutto davanti ad altre persone.

Seguii con lo sguardo la loro macchina, appoggiato al paraurti del pick-up di Lucy. Mi voltai verso il lago, sulle sue acque i riflessi delle luci del resort. Le rive erano puntellate di altri resort, mentre la sponda opposta era deserta. La luna dipingeva una scia scintillante sulla superficie.

Sentendo dei passi mi girai e vidi Lucy allontanarsi dalla porta sul retro. Mi lanciò subito un'occhiata velenosa. Si fermò a qualche metro da me, mettendosi le mani sui fianchi.

"E tu che ci fai qui?" chiese.

"Ti stavo aspettando. Devo darti un passaggio."

Il suo cipiglio si intensificò. Stringendo le labbra, scosse leggermente la testa. "Non mi serve un passaggio. Non so neanche se torno a casa tua o meno."

Ovviamente me l'aspettavo. Ma non lo dissi ad alta voce. Inclinando la testa di lato, la guardai dritta negli occhi. "E allora dove avresti intenzione di dormire?"

Si strinse nelle spalle.

"Beh, non sei nelle condizioni di guidare."

"Non sono ubriaca," protestò. "Ho bevuto solo tre birre."

"Però sei leggera come una piuma."

"Non è vero. Anzi, peso quasi cinquanta chili." Stava quasi biascicando le parole.

Trattenni una risata che non avrebbe fatto altro che peggiorare la situazione.

"È stata Amelia a dirmi di accompagnarti a casa," precisai.

Lucy iniziò a battere un piede per terra, lo sguardo assassino fisso nel mio.

"Amelia non è la mia badante," mormorò.

"No, è una tua amica. Mi ha chiesto di darti un passaggio, ma avevo intenzione di farlo comunque. Non puoi guidare. Anzi, sai cosa? Non sali in macchina finché non mi dai le chiavi."

Lucy fece per prendere il telefono dalla tasca, fallendo miseramente. Cadde a terra e si chinò a raccoglierlo, ma lo mancò di qualche centimetro. La aiutai e corsi a prenderlo, ma Lucy barcollò contro di me. La afferrai per la spalla per reggerla in piedi.

Mi strappò il telefono di mano. "Chiamo Amelia," annunciò, smanettando. Fece partire la telefonata, con il vivavoce.

Amelia rispose subito. "Ehi, Lucy. Che succede? Stai litigando con Levi perché non vuoi farti accompagnare a casa da lui?"

Ridendo, risposi, "Proprio così."

Amelia però non rise. "Non essere stupida, Lucy. Fatti accompagnare da Levi e piantala. Tanto dormi da lui, quindi non lo disturbi neanche."

"E se non volessi dormire da lui?"

Amelia rispose prontamente. "Puoi venire dai genitori di Cade, ma mi sembra sciocco. Però non azzardarti a guidare qui da sola. Veniamo a prenderti io e Cade, d'accordo?"

Non pensavo che Lucy fosse così ubriaca. Si morse il labbro, guardando male il telefono. "Non posso più stare da Levi," disse, biascicando le parole.

"Come mai?" domandò Amelia.

"Perché abbiamo fatto sesso!" annunciò Lucy.

Rimasi letteralmente a bocca aperta. Scoppiai a ridere, ma mi fermai praticamente subito. Ero rimasto completamente sotto shock.

Riuscivo quasi a immaginarmi la faccia di Amelia in quel momento. Il silenzio assoluto venne interrotto dal ticchettio della freccia di un'auto. In quel momento, mi resi conto che anche noi eravamo in vivavoce.

"Siamo in vivavoce?" chiesi.

"Oh, sì," rispose Cade, con un sorriso nella voce.

Lucy mi guardò, con gli occhi sbarrati e in preda al panico. "Stavo scherzando. Sì, stavo solo scherzando."

Ne seguì un altro lungo silenzio.

Preferii tapparmi la bocca, per evitare di aggiungere qualcosa di scomodo.

Lucy sospirò. "Ok, mi faccio accompagnare a casa da Levi. Ciao."

Chiuse subito la chiamata, facendo cadere di nuovo il telefono. Quando lo raccolsi, vidi che aveva mancato il pulsante. "Tranquilli, ragazzi. Ci penso io. Ci sentiamo domani."

"Buonanotte Lucy. Grazie, Levi," disse Amelia, mentre Cade se la rideva sotto i baffi.

Questa volta mi assicurai di chiudere la chiamata e passai il telefono a Lucy.

Ci guardammo dritti negli occhi nell'aria fredda della sera, i rumori del bar in sottofondo. Dopo qualche secondo aprì la bocca come per dire qualcosa, ma la richiuse. Incrociò le braccia sul petto, leggermente rossa in viso.

"Oh, mio Dio. Sono un'idiota," annunciò, quasi parlando da sola. Con un respiro tremolante, distolse lo sguardo. "Non ci voglio credere." Si voltò di nuovo verso di me. "Lo odio," mormorò.

"Che cosa?"

"Quello... quello che c'è tra di noi. Odio desiderarti così tanto. È troppo stupido e irritante. E mi sta facendo impazzire. In senso sia positivo che negativo."

Di nuovo con quella storia. Sapendo che tanto non avrebbe avuto molto senso parlarne, sorvolai sul commento.

"Stai tranquilla, hai la scusa perfetta. Eri ubriaca e stavi scherzando, no? Se vuoi posso dire ad Amelia che tra di noi non potrebbe mai esserci stato nulla. Va bene?"

Mi fissava con un velo di vulnerabilità negli occhi. La desideravo. Ardentemente. Il nostro rapporto era letteralmente cambiato da un giorno all'altro senza che neanche me ne rendessi conto, ma non potevo lasciarmela sfuggire.

Mio padre mi aveva sempre detto che l'avrei capito subito quando avessi trovato la donna giusta. Da ragazzino me ne fregavo dell'amore, volevo soltanto fare sesso. Per mio padre non c'era niente di male nel divertirsi con le donne, ma il rispetto non sarebbe mai dovuto mancare. Eppure, da inguaribile romantico che era, insisteva che un giorno avrei trovato l'anima gemella.

Amava mia madre con enorme devozione ed era convinto che il loro matrimonio sarebbe durato in eterno — parole sue, non mie. Quell'uomo la venerava. Da ragazzino inesperto in fatto di amore, proprio non riuscivo a capirlo. Mi sembrava ridicolo. Mia madre era una donna indipendente con una forte personalità, ma anche lei lo adorava.

Voltandomi a guardare Lucy, per la prima volta realizzai che forse mio padre non era poi così matto. Sentivo che era diversa dalle altre, ma non avrei saputo spiegare come. Ero attratto da lei perché era bella da togliere il fiato, ma la sua personalità spinosa rendeva tutto più difficile. Però per lei ero pronto a tutto.

Non faceva che mandarmi segnali contrastanti, ma ero sicuro che tra di noi ci fosse qualcosa di speciale, qualcosa che non avevo mai sentito con nessun'altra. Volevo proteggerla da tutti i mali di questo mondo, dissipare ogni sua preoccupazione e timore. Avrei tanto voluto prenderla tra le braccia e dirle di lasciarsi andare e dimenticare tutto il resto. Eppure, non era ancora il momento. Non potevo rischiare che alzasse di nuovo un muro invalicabile tra di noi.

Sarei stato più che felice di mentire per lei, di negare che la notte prima avessimo incendiato la camera da letto. Prima di reclamarla come mia, dovevo aspettare si sentisse pronta. Però mi aveva sinceramente sorpreso.

Studiò il mio viso, poi scosse con decisione la testa. "No, sarebbe inutile. Amelia mi conosce troppo bene. Non so perché gliel'abbia detto, ma ne affronterò le conseguenze." Sospirò, incurvando le spalle. "E adesso ti tocca accompagnarmi a casa."

"L'avrei fatto comunque, Lucy," dissi, addolcendo il tono. "Non perché mi piaccia darti ordini e dirti cosa fare, ma avrei aiutato qualsiasi amico troppo brillo per guidare. Ah, e soprattutto perché se non lo faccio Amelia mi spacca la faccia."

L'ombra di un sorriso le sfiorò le labbra e annuì. "Già, meglio evitare. Contro di lei non avresti speranze."

Mi spinsi via dalla macchina, con una risata. Lucy si voltò e iniziò ad allontanarsi.

Le domandai, "C'è qualcosa che devi prendere dall'auto?"

"No!"

Sollevò leggermente la voce, che svolazzò nell'aria e

mi colpì dritto al cuore. Cazzo. Quella donna mi aveva in pugno. Dovevo giocarmi bene le mie carte, altrimenti l'avrei persa per sempre.

Con una corsetta, arrivai al pick-up prima di lei e le aprii la portiera. Dopo essersi seduta, portò indietro la testa con un sospiro demoralizzato. Non disse niente finché non arrivammo a casa. Dopo aver parcheggiato, la guardai e la trovai addormentata.

Il volto rilassato, illuminato dal chiaro di luna. Si reggeva il mento con una mano, quella fasciata appoggiata sul grembo. Con il cuore gonfio scesi silenziosamente dall'auto, cercando di non svegliarla. Feci il giro per aprire la portiera e la presi tra le braccia per portarla dentro.

Col suo corpo caldo e rilassato contro il mio, chiusi delicatamente la porta con lo stivale. Arrivato al piano di sopra, Cri corse ad annusarmi le scarpe e ci guardò.

"Ehi, Cri, come va?" sussurrai.

Un'altra annusata e zampettò via, saltando sulla mensola vicino alla finestra con una delle sue ruote. Si mise comodo su un lettino e fissò l'oscurità.

Mi fermai, decidendo in che camera portare Lucy. Sinceramente, non fu una scelta poi così difficile. La portai subito nella mia stanza, se non altro perché volevo addormentarmi di nuovo al suo fianco.

Le sfilai scarpe e jeans, riuscendo miracolosamente a togliere pure il reggiseno. Dopo averla messa sotto le coperte, mi spogliai e scivolai accanto a lei. Stava ancora dormendo come un sasso. Con un dolce sospiro, si accoccolò accanto a me, posando la testa sulla spalla e avvolgendo una gamba sopra le mie.

Il calore del suo corpo mi avvolse e mi addormentai con un sorriso sulle labbra. Andare a letto così ogni giorno sarebbe stato magico.

Capitolo Diciassette

LUCY

Mi svegliai lentamente nella camera di Levi, illuminata soltanto dalla luce notturna accanto al letto. Lui era sdraiato alle mie spalle, caldo contro il mio corpo. Tra le sue braccia mi sentivo protetta e al sicuro, rilassata come non mai.

Sentivo la sua erezione premere contro il fondoschiena e il calore umido tra le mie cosce. Evidentemente, reagivo a Levi anche quando dormivo. Lo desideravo da morire.

Il mio corpo iniziò a muoversi di propria volontà e spinsi il bacino contro il membro caldo e duro. Dovetti trattenere un gemito.

Ricordavo vagamente che mi avesse trasportato in camera tra le braccia, ma non che mi avesse spogliata.

Avevo la mente annebbiata dal sonno e dal desiderio. Ripensai a tutte quelle notti in cui mi ero svegliata da sola nel letto dopo averlo sognato, inquieta e inappagata.

Agitai di nuovo i fianchi e lo sentii svegliarsi alle mie spalle. Mi avvolgeva il ventre con la mano, calda e ruvida contro la mia pelle. La fece scivolare verso il seno, iniziando a stuzzicare un capezzolo.

Non riuscivo più a contenere la voglia di lui, come se quelle lunghe ore di sonno fossero state dei preliminari.

Levi mormorò qualcosa e si spostò, sfilando la mano da sotto la maglietta. Spostò i capelli dal collo e lo ricoprì di baci bollenti. Il contatto con le sue labbra mi fece venire la pelle d'oca, un gemito mi sfuggì dalle labbra. Il suo tocco mi mancava come l'aria.

Affondò delicatamente i denti nella pelle sensibile dietro l'orecchio, strappandomi un altro gemito. Finalmente mi sollevò la maglietta e ricominciò a torturarmi i capezzoli, spingendo l'erezione tra le natiche.

Allungai la mano dietro di me, poggiandola sul cotone sottile delle sue mutande. Grugnì il mio nome sulla pelle del mio collo e un brivido di piacere mi pervase. Stavo impazzendo. Lo volevo subito. Non volevo che smettesse di toccarmi. Con un movimento rapido e sicuro, infilò una mano nelle mutandine. Trovandomi bagnata e pronta, mi penetrò subito con le dita.

Affondò in profondità prima un dito e poi un altro, ma ancora non mi bastava. Ansimando, urlai il suo nome. Il desiderio era talmente insopportabile che non ce la facevo più ad aspettare. Levi mi sfilò le mutande e le lanciai via.

Lo sentii allontanarsi e il mio corpo, come un missile a guida infrarossa, seguì senza neanche aspettare un secondo il suo.

"Dove stai andando?" chiesi in tono secco, col fiatone.

Neanche un secondo dopo si voltò di nuovo verso di me e aprì un preservativo. Si sfilò le mutande e sentii la pelle calda e vellutata del suo membro contro il sedere nudo.

Si infilò il profilattico e si posizionò tra le mie cosce, accarezzandomi il fondoschiena con la mano ruvida. Mormorando il mio nome, scivolò tra le cosce. Iniziò a stuzzicarmi, continuando a strofinarsi sulla mia femminilità umida e il clitoride turgido.

Stavo letteralmente perdendo la testa. I miei umori mi bagnavano le cosce da quanto ero fradicia per lui. Mi stavo lasciando completamente andare tra sussulti, sussurri, grida e gemiti.

"Smettila di torturarmi," ordinai, con voce strozzata.

Ridendo piano, affondò lentamente dentro di me. Rimase fermo per un istante e, con un colpo, mi penetrò fino in fondo. Il mio sesso pulsava attorno a lui. Sentirlo finalmente dentro di me era una sensazione bellissima. Tirai un sospiro di sollievo misto a piacere.

Levi mi portò di nuovo indietro i capelli e tracciò le sopracciglia con un dito. Mentre il polpastrello scivolava lungo la guancia, delicato come una piuma, Levi morse la curva del collo, strappandomi un grido. Quando il dito arrivò sulle labbra, lo presi tra i denti e iniziai a succhiarlo e stuzzicarlo con la lingua. Con un movimento del bacino si ritrasse, per poi affondare di nuovo dentro di me.

Mentre i nostri corpi si muovevano all'unisono, mi tolse il dito umido dalla bocca e lo fece scivolare fino al capezzolo, che strinse delicatamente. Mi sentivo ormai al limite, bagnata fradicia mentre continuava a entrare e uscire dal mio sesso bollente, facendomi provare un piacere immenso. La mano scese tra i riccioli morbidi ed esercitò una decisa pressione sul clitoride.

L'estasi mi stava lentamente consumando, travolgendomi con una potenza intensa che mi faceva vibrare persino le ossa. Lanciai un urlo e ansimai il suo nome, contraendo i muscoli attorno a lui. Un momento dopo, lo sentii esplodere e pulsare dentro di me.

Restammo fermi così a riprendere fiato, la sua mano posata sul mio ventre. Mi lasciai andare tra le sue braccia. Non mi ero mai sentita così appagata e soddisfatta. Nel suo caldo abbraccio, mi faceva sentire protetta e al sicuro. Stavo troppo bene con me stessa per dar peso alle preoccupazioni che continuavano a tormentarmi.

Nell'oscurità, sentivo il suo cuore martellare con forza contro la mia schiena. Si spostò leggermente per gettare il preservativo, tornando all'istante da me.

"Lucy?" chiese, con voce roca.

"Mmh, sì?"

"Non me l'aspettavo," affermò.

Non sapevo come rispondere, ma le parole uscirono da sole dalle mie labbra, stupendo perfino me.

"Già. Neanche io."

Mi addormentai di nuovo, tra le sue braccia.

Capitolo Diciotto

LUCY

Ero seduta a uno dei tavolini tondi del Firehouse, con un una brioche ai mirtilli selvatici in mano. Stavo cercando di distrarmi con il panorama fuori dalla finestra, ma senza successo. Il locale era nel cuore pulsante di Willow Brook, sulla Main Street, quindi la gente da poter osservare non mancava. In quel momento, due fratellini stavano litigando per sedersi sul sedile davanti, mentre la madre caricava la macchina senza preoccuparsene.

Ma perfino quella distrazione non fu sufficiente per placare la mia mente irrequieta. Amelia stava arrivando ed ero nervosissima. Ancora non potevo crederci di essermi lasciata sfuggire al telefono che avevo fatto sesso con Levi. Solo il pensiero mi fece arrossire.

Janet scivolò sulla sedia di fronte a me, passandomi il caffè.

"Buongiorno, tesoro. Oggi mi sembri un po' giù. Tutto bene?" chiese preoccupata, gli occhi affettuosi fissi nei miei.

Con il grembiule ricoperto di farina e i capelli argentati raccolti sulla testa con una matita, trasmetteva una forte sensazione di calore. E poi aveva sempre un profumo delizioso di zucchero e cannella, passando il tempo a preparare dolci squisiti.

Mi strinsi nelle spalle. "Sono andata a letto tardi, tutto lì."

Mai e poi mai le avrei detto la verità, ovvero che avevo passato la notte a scopare con Levi e non riuscivo a strappargli le mani di dosso. Non riuscivo nemmeno a pensare a quello che era successo. Ma non tanto per la successione di eventi imbarazzanti che mi avevano portata a dormire nuda nel suo letto.

Erano i miei stessi sentimenti a sconvolgermi. Ripensai alla notte prima — mi ero svegliata tra le sue braccia, con la sua erezione premuta sul sedere e l'eccitazione che mi bagnava già le mutandine. E poi il sesso bollente e straordinario. Lento, profondo, intenso. Arrossii solo al pensiero. L'orgasmo era partito dalle dita dei piedi per poi travolgermi tutta, come un'onda distruttiva. Ricordavo ancora la sensazione di addormentarmi tra le sue braccia e delle sue labbra sulla pelle del collo.

Mi ero svegliata senza neanche sapere che ore fossero quando suonò il suo cercapersone, sul comodino. Dopo avermi stampato un bacio sul collo, a malincuore era rotolato via. Un freddo gelido di solitudine mi aveva pervasa, quindi mi ero alzata a preparargli un caffè. Dopo aver dato delle verdure a Cri, che mi aveva seguita in cucina, avevo avviato la macchinetta del caffè.

Levi era entrato in cucina qualche minuto dopo, con quel sorrisino che mi faceva sempre battere forte il cuore.

Janet si schiarì rumorosamente la gola, riportandomi alla realtà. Quella mattina ero proprio fuori di me. Bevvi un sorso di caffè e sospirai deliziata. "Buonissimo, come sempre."

Janet rispose con un breve cenno del capo. "Da quand'è che non vedi tua mamma?"

"Da un paio di settimane," replicai. Non ero sicura sapesse proprio tutto sul passato della mia famiglia. Mi faceva piacere sapere che mia madre avesse un'amica, ma proprio non capivo cosa si aspettasse da noi.

La mia domanda mi stupì. "Perché me lo chiedi? Sicuramente la vedi più di me."

Era difficile sorprendere Janet, ma a quanto pare c'ero riuscita. Sbarrò leggermente gli occhi, ma non si scompose. Inclinò la testa di lato. "Tesoro, sai che ti voglio bene. E voglio bene anche alla tua mamma. Spero solo che un giorno possiate riuscire a lasciarvi il passato alle spalle."

Ah, quindi probabilmente mia madre le aveva accennato qualche cosa. "Senti, Janet. Abbiamo un rapporto abbastanza sereno. Non provo alcun rancore nei suoi confronti. Non siamo molto legate, ma va bene così. Mio padre era una persona di merda, ma non so cosa ti abbia detto lei."

"Tesoro, penso mi abbia raccontato tutto. In breve, tuo padre ogni tanto alzava le mani, era violento fisicamente e psicologicamente e si comportava come se tu non esistessi. Tua madre si pente di non averlo lasciato quando eri ancora bambina. Quando lui ti ha messo le mani addosso, ti hanno portata via da lei perché ha preso la decisione sbagliata. Non aveva la forza di mettersi contro tuo padre. Ma quando l'ha trovata, aveva paura fosse ormai troppo tardi."

La guardai, con il cuore in gola. Ovviamente sapevo

già la storia, ma sentirla raccontare da lei e sapere che mia madre gliene aveva parlato apertamente mi rattristò profondamente. Stavo bene, davvero. Mi ero lasciata alle spalle tutte le ferite del passato.

Sinceramente preferivo non pensare a quegli anni, probabilmente perché faceva troppo male. Però ciò che era stato era stato, quindi non potevo fare altro che accettarlo. Senza sapere cosa dire a Janet, annuii e sorseggiai il caffè.

"Sono felice che abbia trovato un'amica come te," affermai, trovando le parole.

Janet allungò il braccio e mi strinse forte la mano. Si alzò in piedi, allisciandosi il grembiule. "Non volevo intromettermi nella tua vita. Volevo solo farti sapere che da te non si aspetta niente e che ti capisce."

Cambiò argomento, con un sorriso affettuoso sulle labbra. "Amelia sta arrivando?"

"Sì. Sicuramente sarà qui a minuti."

Manco a farlo apposta, la vidi entrare dalla porta. Ci salutò e si avvicinò al bancone. Janet mi strinse dolcemente la spalla e la raggiunse. Io intanto ricominciai a mangiare.

Poco dopo Amelia arrivò al tavolo, togliendosi la giacca prima di sedersi davanti a me. Bevvi un lungo sorso di caffè per calmare i nervi, decidendo di andare dritta al punto.

"Allora, sì, ieri sera al telefono ero un po' brilla, però è vero," dissi piattamente.

Amelia mi guardò quasi divertita. "Non pensare che la cosa mi sorprenda."

Avevo le guance in fiamme per l'imbarazzo, che sapevo comunque sarebbe passato presto. Si divertiva soltanto a tormentarmi. Alzai gli occhi al cielo. "E perché no?"

"Perché è cotto di te da sempre ed è ovvio che ti piaccia."

Le sue parole mi lasciarono a bocca aperta. "Cosa?! In che senso?"

Amelia sorrise. "Vi comportate come due bambini. Lui ti rompe le scatole e tu ti arrabbi. Anche altri ragazzi hanno provato a portarti fuori a cena, ma soltanto con Levi hai fatto tutti quei capricci. E poi guardiamo in faccia la realtà. È bello da morire. Non fa per me, ma non puoi negarlo," disse con una risata.

Sorrisi contro la mia volontà. "E va bene. Sì, è bellissimo. Ma non sono fatta per le relazioni serie," dissi piattamente, ignorando il battito frenetico del mio cuore.

"Non starai correndo un po' troppo?" domandò. "Per il momento non c'è bisogno di pensarci. Divertiti un po'. Nonostante le avventure non abbiano mai fatto per me, tu avevi bisogno di sfogarti sotto le lenzuola. Oh, se ne avevi bisogno. Quand'è stata l'ultima volta..."

Avevo le guance in fiamme. "Oh, mio Dio. Tappati la bocca. Lo sai che preferisco essere indipendente. Farlo con un vibratore o con un uomo non cambia nulla."

Ma per la volta in vita mia, stavo mentendo. Levi era molto, molto più bravo del mio vibratore, ma non mi soffermai su quel pensiero.

"Non dire stronzate," disse bruscamente. "So che preferisci essere indipendente, ma non azzardarti a dire che il vibratore è meglio del sesso, per cortesia."

Le passai il piatto con la brioche e ne staccò un pezzo, bevendo un sorso di caffè. "Ascolta, tu sei fantastica e Levi è un bravo ragazzo. Ha frequentato giusto qualche ragazza, ma non è uno sciupafemmine. Perché non ti rassereni e ti diverti, per una buona volta?"

"Come se non mi divertissi mai!"

Amelia scosse la testa. "Intendevo con gli uomini."

Sospirai, chiudendo l'argomento. Non aveva senso continuare a parlarne. "Devo trovare un'altra sistemazione."

"Beh, allora datti da fare," disse con un sorriso beffardo. "A meno che non voglia stare anche tu dai genitori di Cade. Sai che casa nostra è un macello e non c'è l'acqua calda."

"Non voglio stare dai genitori di Cade, sarebbe troppo strano. Non voglio fare la figura della bambina che non sopporta di stare da Levi."

"Però lo sei," replicò Amelia.

Mi trattenni dal lanciarle addosso l'ultimo pezzo di brioche e la fulminai con lo sguardo.

"Puoi chiamare tua mamma," aggiunse, il tono affettuoso.

Pure lei? Ma perché la tiravano tutti fuori? Sospirando, scossi lentamente la testa. "No, sarebbe ancora più strano. Poco fa Janet è venuta a farmi un discorsetto."

Amelia mi guardò dritta negli occhi. Era tra le pochissime persone a cui avevo raccontato il mio passato. "Beh, allora resta da Levi e continua a farci sesso sfrenato."

Scoppiai a ridere, con le guance sempre più rosse. "Oddio! Abbassa la voce! Sono già disperata per averlo detto davanti a Cade."

"Mi dispiace tanto. Lo sapevo che saresti morta dentro quando avresti capito di essere in vivavoce. Se me l'avessi detto prima sarei stata più attenta," affermò secca.

"È successo solo la notte prima," mormorai. "Non volevo nascondertelo."

"Ripeto, Levi è un bravo ragazzo. È molto legato a

sua sorella e ha dei genitori splendidi. Devo dire che è proprio un buon partito," commentò.

Il cuore iniziò a martellarmi nel petto. Mi sentii come precipitare — quella sensazione che si prova quando l'ascensore in discesa fa uno scatto violento. O come scendere in picchiata sulle montagne russe.

Non sarebbe mai dovuto succedere. Non avrei mai dovuto desiderare Levi così tanto da stare male. Non avrei mai dovuto cedere al desiderio e abbandonarmi a quell'intimità suprema così meravigliosa che mi terrorizza.

Amelia sbarrò gli occhi e capii di essermi lasciata sfuggire qualcosa.

"Oddio, ho detto qualcosa ad alta voce?"

"Che non sarebbe mai dovuto succedere," rispose con calma, prima di bere il caffè. Posò la tazza sul tavolo e mi guardò. "Prova a rilassarti e a goderti questo rapporto. Sai che sono qui per te. Non ti giudicherei mai."

Mi si strinse la gola, consapevole della veridicità nelle sue parole. Era un'amica fedele e leale e sapevo non mi avrebbe mai abbandonata.

"Lo so," dissi, prima di cambiare argomento. "Direi che è arrivata l'ora di metterci al lavoro, eh?"

Amelia si strinse nelle spalle. "In questi giorni hai una visita, no?" chiese, spostando lo sguardo sulla fasciatura.

"La settimana prossima. E poi posso ricominciare a lavorare."

"Ottimo. C'è una montagna di roba da fare. Dobbiamo iniziare a tagliare le piastrelle per i bagni. A quello ci pensi tu, mentre io mi occupo dei lavori più pesanti," affermò, con un sorrisetto.

"Ti stai divertendo proprio un mondo, eh? Puoi rifilarmi tutti i lavoretti più noiosi e fastidiosi."

Scoppiò a ridere. "No, non mi sto divertendo, però

devi ancora andarci piano e imparare ad accettare l'aiuto altrui."

Mi alzai sbuffando. "Non ho bisogno dell'aiuto di nessuno," mormorai, prendendo il piatto e la tazza vuoti.

Capitolo Diciannove

LEVI

Sfilandomi i guanti, mi allontanai dalla fascia tagliafuoco e mi guardai intorno. Nonostante il vento si fosse placato, del fumo permeava ancora l'aria. Mi passai la manica sul viso, appoggiandomi una mano sul fianco per riprendere fiato. L'incendio che eravamo riusciti a domare la settimana prima fuori da Willow Brook era tornato il giorno prima a tormentarci. Era stato appiccato a inizio estate da alcuni campeggiatori irrispettosi delle regole. Eravamo riusciti a contenerlo, ma il clima secco e ventoso continuava ad alimentare le fiamme.

Avevamo passato la giornata a cingere la zona con fasce tagliafuoco per tenerlo a bada. Sebbene i cartelli di divieto di accendere fuochi fossero numerosi in tutta la zona, il territorio dell'Alaska era selvaggio, dominato principalmente dalla natura. I turisti lo dimenticavano fin troppo spesso, fregandosene anche delle misure di sicurezza. Durante le estati aride, scoppiavano incendi in ogni dove.

Mi voltai verso Jesse Franklin, che si stava avvicinando. Poggiò a terra la motosega e incrociò il mio sguardo.

"Dici che per oggi abbiamo finito?" domandò.

Annuii, chinandomi a raccogliere una bottiglietta d'acqua da terra. Dopo un lungo sorso, mi asciugai il mento con la manica. "Mamma mia, per fortuna il vento ci ha dato un po' di tregua."

"Ci sono troppi abeti rossi morti in questa zona," aggiunse.

La foresta aveva appena iniziato a riprendersi dai coleotteri del legno che avevano decimato distese e distese di alberi. Le ci sarebbero voluti minimo una decina d'anni per tornare al suo vecchio splendore.

"Già, dobbiamo mettere più cartelli, soprattutto nelle zone più frequentate. Speriamo basti a prevenire altri incendi inutili."

Jesse annuì e si voltò a rispondere a un nostro compagno.

C'era anche la squadra di Cade. Ero stato per qualche anno un leader della sua squadra, ma l'anno prima ero stato promosso anche io a caposquadra. Quell'incendio ci aveva tenuti così impegnati che quel giorno io e Cade non eravamo nemmeno riusciti a parlare un po'. Il lavoro di un hotshot era assolutamente massacrante, sia davanti a un fuoco che attorno a esso. Avevamo passato la giornata a eliminare alberi morti e creare fasce tagliafuoco lungo i corsi d'acqua, usando il terreno a nostro vantaggio.

Con lo sguardo all'orizzonte, notai che il fumo si stava diradando. In lontananza, il monte Denali si ergeva alto nel cielo. Era la cima più alta del nord America, visibile da tutte le città principali dell'Alaska. Con un lungo respiro profondo, spostai lo sguardo sui campi di camenerio, una pianta erbacea fucsia che punteggiava i paesaggi dello Stato.

Il nastro di un fiume attraversava la vallata, scendendo verso Willow Brook. Il nostro paesino prendeva il nome proprio da quel ruscello, *brook*, anche se ruscello non era affatto. Era un fiume ampio e profondo, che sfociava nel lago di Swan.

Lucy riaffiorò tra i miei pensieri, così come spesso faceva in quei giorni. Quella mattina mi aveva fatto capire di non voler mentire ai nostri amici riguardo all'annuncio della sera prima. Essendo una ragazza molto riservata, quel suo auto-tradimento l'aveva di certo turbata molto. Eppure, aveva deciso di affrontarne le conseguenze. Adoravo il modo in cui non si lasciava mai intimorire da niente. Ma avevo visto la vulnerabilità che nascondeva dietro quella sua corazza. Solo a pensarci mi si strinse di nuovo il cuore. Quando la guardavo in quei suoi meravigliosi occhi azzurri era difficile staccarmi da lei.

Mi aveva detto, "Ci penso io. Però sappi che non puoi annunciarlo al mondo intero."

"Ehi, guarda che non l'avrei detto ad anima viva," le avevo risposto, facendole l'occhiolino.

Al che, con un sorrisino sulle labbra, aveva replicato, "Ero un po' brilla."

Meno male non l'aveva presa troppo male. Però nessuno dei due aveva osato parlare di quello che era successo durante la notte. Con il suo sedere che premeva contro di me, mi ero svegliato già duro come il marmo. Non riuscivamo a staccarci le mani di dosso, però non voleva approfondire l'argomento.

Ma in fondo non c'era bisogno di parlarne. Dovevo aspettare il momento giusto, perché Lucy *odiava* essere messa sotto pressione.

Quel pomeriggio, seduto negli spogliatoi della caserma, appoggiai la testa alla parete dietro la panca. Sentii dei passi e vidi Cade che arrivò a sedersi di fronte a me.

"Beh, nessun commento sull'annuncio di ieri notte?" chiese, con l'ombra di un sorriso divertito agli angoli della bocca.

Mi strinsi nelle spalle. "Non ho niente da aggiungere."

Mi guardò dritto negli occhi e annuì. "Non sono venuto a spettegolare. Se hai bisogno di qualcuno con cui parlare, sappi che sono qui."

Appoggiai i gomiti alle ginocchia. "E perché dovrei avere bisogno di qualcuno con cui parlare?"

Fece una pausa prima di rispondere. "Da quanto ho capito, ti sei preso una bella cotta per Lucy. O meglio, ce l'hai già da un po'."

Cade era sempre stato un ragazzo molto perspicace, ma era facile dimenticarlo. Lo conoscevo da anni. Era sempre silenzioso e pacato, un po' sulle sue. Santo cielo, aveva capito tutto da solo. Però la mia non era una semplice *cotta*. Ma dovevo essere paziente. Altra cosa che Lucy avrebbe sicuramente odiato: il gossip. Ma nemmeno Cade amava i pettegolezzi.

Quindi annuii lentamente, guardandolo dritto negli occhi. "Hai ragione. Però ti chiederei la cortesia di non dirlo a nessuno, anche se so che non l'avresti fatto comunque. Altrimenti Lucy mi mangia vivo."

Si fece una risata. "Oh, immagino. Amelia lo sapeva che Lucy non avrebbe reagito bene. Ma non dovete preoccuparvi, non ne parleremo con nessuno."

"Lo so." Feci una pausa di riflessione. "Senti, se Lucy dovesse venire a sapere che con lei vorrei qualcosa di più se la darebbe a gambe."

Cade rimase in silenzio, finché un sorriso non

comparve lentamente sulle sue labbra. "Senza dubbio. Quindi sai già cosa vuoi, eh?"

"Sì," risposi, sentendomi quasi scoppiare il cuore.

"Ehi, ragazzi. A che punto siamo?" chiese Beck, entrando nello spogliatoio.

La sua squadra si stava dirigendo sul luogo dell'incendio per riprendere da dove ci eravamo fermati noi. Scivolò sulla panca davanti a me, guardando prima uno e poi l'altro.

Cade mi anticipò. "Abbiamo messo in sicurezza il perimetro sul lato del burrone e accanto al fiume. Se voi vi occupate dell'altro lato dovremmo essere a posto."

"C'è qualcosa che dovremmo sapere?" chiese Beck.

"Non credo. Il vento si è placato, quindi le fiamme hanno smesso di propagarsi. Fred sta monitorando l'area dall'alto," commentai, riferendomi a uno dei piloti che trasportava spesso le nostre squadre in giro per l'Alaska.

Beck si alzò. "D'accordo, allora."

Sentii squillare il telefono e lo sfilai dalla tasca. Mi stava chiamando mio padre. "Scusate, devo rispondere," dissi, allontanandomi.

"Ciao, papà. Che si dice?" chiesi.

"Ehi, Levi. Se sei libero, avrei bisogno di aiuto," rispose senza esitare.

"Sto per lasciare la caserma, quindi ci sono. Di che hai bisogno?"

"Ho visto che stasera dovrebbe piovere, quindi voglio mettere al riparo della legna."

"D'accordo. Mezz'ora e sono lì, ok?"

Uscendo dalla caserma, mi domandai se fosse il caso di dire a Lucy che sarei arrivato a casa più tardi del solito. Mi scappò una risata. Fino a qualche giorno prima, non l'avrei fatto. Voleva assolutamente che continuassi a vivere la mia vita ignorando la sua presenza a casa mia. Ma avrei avvisato comunque chiunque, per buona educazione.

Ma dopo aver condiviso quei momenti di intimità estrema, ogni semplice decisione sembrava carica di significato. I miei genitori mi avrebbero sicuramente invitato a fermarmi per cena. Di conseguenza, Lucy avrebbe mangiato una zuppa in scatola, da sola. Perché *non* sapeva proprio cucinare. Quando non cucinavo io, optava per l'opzione più facile e conveniente. Ero tentato di invitarla dai miei, ma avevo paura di spaventarla.

Ignorando i miei timori, prima di uscire dal parcheggio le scrissi un messaggio.

Capitolo Venti

LUCY

Il telefono vibrò sulla cassettiera. Ero appena uscita dalla doccia e mi stavo infilando una felpa. Era un pomeriggio piuttosto freddo. Le nuvole avevano coperto il cielo sereno, portandosi dietro un'arietta fresca.

Sistemai la felpa e andai a controllare il telefono. Premendo sullo schermo, vidi un messaggio di Levi.

Sto andando ad aiutare mio padre con la legna e mia madre preparerà la cena. Se può farti piacere, sei la benvenuta. Mia mamma cucina ancora meglio di me. ;)

Con le mani nella tasca frontale della felpa, fissai il telefono incredula — come se fosse una persona. Mordendomi la guancia, mi voltai e andai verso la finestra. Il panorama di cameneri fucsia su cui si affacciava la mia stanza dava un tocco di colore a quella serata uggiosa.

Il cuore mi martellava nel petto e non sapevo spiegarmelo. Cenare dai genitori di Levi non avrebbe dovuto rendermi così nervosa. L'avrei fatto tranquillamente con qualsiasi altro mio amico. Avevo già cenato con la famiglia di Amelia e di Susannah, ma perfino

quella di Cade. Eppure, con Levi era diverso. Da cono-
scente fastidioso era diventato improvvisamente molto
di più. Quel semplice invito era carico di significato.

Ma rifiutare sarebbe stato davvero sciocco. Se fossi
rimasta a casa mi sarebbe toccato mangiare una zuppa.
Conoscendo le doti culinarie di Levi, ero certa che sua
madre non fosse da meno. E non sarebbe stato male
avere un po' di compagnia, giusto per non perdermi
troppo nei miei pensieri. Cosa sarebbe stato peggio,
accettare o rifiutare l'invito?

*Oh, mio Dio. Devi darti una cazzo di calmata. Stai ingi-
gantendo inutilmente la cosa. Dai retta ad Amelia e divertiti.
Non dev'esserci per forza qualcosa di serio.*

Spensi quella vocina fastidiosa. Mi voltai per prendere il telefono e gli risposi prima di poter cambiare
idea.

*Grazie per l'invito. Lo apprezzo molto, visto che se resto
da sola probabilmente mi mangerò una zuppa.*

Non appena poggiai il telefono sulla cassettiera,
realizzai di non conoscere l'indirizzo dei suoi genitori.
In imbarazzo, gli scrissi un altro messaggio.

Dove e a che ora?

Rispose praticamente subito.

*Cottonwood Hollow, l'ultima casa sulla strada. È una
grande cascina gialla. Vieni quando vuoi, io sono già per
strada. Anzi, no. Non venire troppo presto, altrimenti so che
insisterai per aiutare. Come va il braccio?*

Un dolce calore si dilagò nel basso ventre e mi
avvolse il cuore. Era davvero preoccupato per me e,
mio malgrado, quella sua premura mi rendeva davvero
felice. Guardai la fasciatura attorno al polso. Ormai
erano giorni che non provavo più alcun dolore e non la
sopportavo più. Ma se me la fossi tolta da sola, Amelia
mi avrebbe fatto la predica. E pure Levi. Il pensiero mi
fece arrossire. Sapere che quell'uomo si preoccupava

così tanto per me mi scaldò il cuore, un calore quasi insopportabile.

Tutto bene. Tra un po' sono lì. Posso aiutare con l'altra mano.

Non ci mise molto a rispondere.

Ma quanto puoi essere testarda? Col cavolo che ti permetto di accatastare legna con una mano sola. E non si discute. Puoi fare compagnia a mia madre in cucina. Le farà tanto piacere.

Con il cuore a mille, l'emozione mi serrò la gola.

Capitolo Ventuno

LUCY

Il metallo freddo del mio braccialetto mi scivolava nervosamente tra le dita, mentre sedevo al tavolo della cucina a casa dei genitori di Levi. Gloria, sua madre, chiacchierava mentre affettava delle cipolle. Aveva rifiutato il mio aiuto, sostenendo che nella sua cucina era troppo severa.

L'ansia mi stava mangiando viva. Non mi ero mai sentita così prima di allora. Nessun uomo mi aveva presentata ai suoi genitori. In fondo, nessuno di loro era durato più di una notte. Non sapevo come etichettare il rapporto tra me e Levi, ma definirla una semplice amicizia con benefici non sarebbe stato sufficiente. Quindi ero confusa da morire. Inoltre, dentro di me volevo a tutti i costi piacere a sua madre. Non mi riconoscevo proprio più. Al momento stavo cercando di tenere a bada il mio turbamento interiore, fissando pigramente il paesaggio fuori dalla finestra. La voce di Gloria mi riportò alla realtà.

"Lucy?" domandò.

"Oh, mi scusi. Stavo ammirando il panorama," le spiegai.

La casa si trovava in un'adorabile zona poco fuori il centro di Willow Brook. Su un lato, un ruscello scorreva lungo il margine del prato, mentre in lontananza la cima del Denali spuntava da sopra gli alberi. Cameneri e lupini davano un tocco di colore alla giornata uggiosa, sotto la pioggerellina serale.

Gloria sfoderò un sorriso e accese un fornello. Levi aveva preso i meravigliosi occhi blu da lei, così come i capelli biondo scuro. Li aveva raccolti sulla testa con una bacchetta perché non le dessero fastidio mentre cucinava.

Dopo aver versato dell'olio d'oliva sulla padella aggiunse le cipolle, iniziando a mescolare. La cucina era molto ampia e spaziosa, con una grande vetrata a parete. Davanti alla finestra c'era un tavolo rotondo. Le due zone della cucina erano separate da un'isola. Sicuramente passavano moltissimo tempo lì dentro.

Gloria mi aveva fatto fare subito un giro della casa, mandando Levi fuori ad aiutare suo padre, che avevo conosciuto poco prima. Brad Phillips era un uomo sorridente, con gli occhi azzurri e i capelli castano scuro.

Un corridoio collegava la cucina a uno spazioso soggiorno. Una scala portava a un altro corridoio su cui si affacciavano quattro camere da letto. Dopo il giro, Gloria mi aveva portata subito in cucina, offrendomi del vino che avevo accettato volentieri, sperando mi calmasse i nervi.

"La vista è meravigliosa, non trovi?" chiese.

"Oh, sì. Però in fondo quest'area è splendida," commentai.

Gloria annuì. "Hai ragione. Tu dove vivi?"

Domanda normalissima e innocente, no? Ma mi sembrava troppo strano spiegarle che Levi mi stava ospitando già da un po'. Soprattutto dopo quello che c'era stato tra di noi. Il livello di intimità che avevamo raggiunto non faceva che complicare le cose. Mi sentii in fiamme dalla testa ai piedi. Bevvi un sorso di vino, cercando di rimanere impassibile.

"Oh, sto cercando un nuovo appartamento. Levi è stato così cortese da ospitarmi a casa sua. Mi avrà invitata qui per pietà, sapendo che sono una pessima cuoca," dichiarai.

Gloria mescolò di nuovo le cipolle e posò il mestolo sul bancone prima di guardarmi. "Beh, lo spazio ce l'ha, quindi potrai certamente restare quanto vuoi. È un periodo difficile per cercare casa in affitto."

"Ammetto che è stata colpa mia. Mi sono arrabbiata con il vecchio proprietario di casa perché voleva alzare in modo sproporzionato l'affitto. Avrei dovuto pensarci due volte prima di mettermi a discutere," dissi, alzando gli occhi al cielo.

Gloria sorrise, stringendosi nelle spalle. "Sicuramente alcuni lo fanno per approfittarsene dei turisti. Levi mi ha detto che gestisci la Kick A** Costruzioni insieme ad Amelia Masters, giusto?"

"Proprio così," dissi, sentendomi piena di orgoglio. Amavo il mio lavoro e amavo lavorare con Amelia.

"La vostra è una delle migliori imprese edili della città. Ho detto a Brad che deve ingaggiarvi per il nuovo garage che vuole costruire. A te dispiacerebbe parlarne con lui?"

"Ma si figuri. Per quest'anno siamo piene e ormai è troppo tardi per iniziare progetti nuovi. Ma potremmo organizzarci per la prossima primavera."

"Allora gli dirò di mettersi d'accordo con te quando torna dentro. Gli piace fare tutto da solo, ma questo è un progetto troppo grande persino per lui. Comunque, tornando a te, visto che l'estate sta finendo potresti trovare qualcosa per questo inverno. Chi non è riuscito a trovare un acquirente in questi mesi sarà ben felice di negoziare."

"Sì, ci ho pensato. Devo giusto capire un po' le tempistiche."

Gloria annuì e si voltò quando la porta della cucina si aprì. Non avevo notato che i rumori provenienti da fuori si erano fermati. Levi e suo padre entrarono nella stanza. Levi era bello da togliere il fiato, con i capelli arruffati e il viso arrossato dal freddo. Un fremito di desiderio mi attraversò tutta.

Un forte odore di abete impregnò l'aria quando suo padre si chiuse la porta alle spalle. Levi profumava di muschio e legno, non facendo altro che alimentare le mie fantasie più perverse.

Riprenditi, Lucy. Non puoi sbavargli addosso davanti ai suoi genitori.

Ma il mio corpo non perse tempo a rispondere. *Invece sì che posso. E non sarai certo tu a fermarmi.*

In quei giorni la mia mente era in costante lotta con il mio corpo. Bevvi un altro sorso di vino, costringendomi a ignorare la voglia irrefrenabile che mi scorreva nelle vene.

Gloria mescolò di nuovo le cipolle prima di voltarsi verso loro due. "Allora, ragazzi. Siete riusciti a mettere via tutta la legna?"

Brad lanciò i guanti da lavoro in una cesta accanto alla porta e appese la giacca, togliendosi gli scarponi insieme a Levi. Si avvicinò a Gloria e le posò un bacio sulla curva del collo, per poi rispondere, "Certo che sì."

"L'abbiamo spostata tutta nella legnaia e abbiamo anche riempito la rastrelliera in veranda. Per l'inverno siete a posto," aggiunse Levi.

Gloria sorrise mentre lui andava a prendersi una birra dal frigorifero. "Ne vuoi una, papà?" chiese, voltando la testa.

"Sì, grazie," rispose Brad, sedendosi su uno sgabello accanto all'isola.

Dopo avergliene passata una, Levi venne a sedersi davanti a me a tavola. Incrociò il mio sguardo, inarcando un sopracciglio. Speravo di essere riuscita a dissimulare bene le mie emozioni.

Ignorando il calore al viso, sorrisi. "Com'è andata?"

Com'è andata? Stava accatastando legna. Che domanda è? Stupida Lucy.

Quella vocina stava iniziando a darmi sui nervi.

"È stata una giornata bella intensa, quindi stasera dormirò come un angioletto," disse con un sorriso, prima di rivolgersi a suo padre. "Ehi, papà. Dovresti parlare con Lucy del garage."

Riportò lo sguardo su di me. "Papà vuole un garage nuovo, quindi gli ho consigliato di affidarsi a te e Amelia. Magari la prossima primavera."

Prima che potessi rispondere, Brad si unì a noi a tavola. "Gloria non vuole che lo costruisca da solo. Dice che è un progetto troppo grosso," spiegò con un sorrisetto. "Ma probabilmente ha ragione. Non sono più giovane come una volta. Vorrei parlarne con te e Amelia per metterci al lavoro l'anno prossimo."

"Ma certo. Amelia di solito preferisce occuparsi sin da subito del progetto. Le dirò di chiamarla. Possiamo iniziare i lavori la primavera prossima, va bene?"

"Benissimo," rispose.

Gli occhi ardenti di Levi incrociarono i miei, così intensi da scottarmi. Senza più riuscire a contenermi, mi alzai di colpo per andare al bagno. Mi spruzzai dell'acqua fredda sul viso, tenendo i polsi sotto il getto per calmarmi.

Mi guardai allo specchio. Avevo le guance arrossate e alcune ciocche ribelli mi contornavano il viso. Dopo essermi asciugata le mani sistemai la coda di cavallo e feci un bel respiro profondo per farmi coraggio. Non potevo fare la figura della ragazzina scema e innamorata davanti ai suoi genitori. Ma nel profondo del mio cuore, purtroppo lo ero.

Quando tornai in cucina, Gloria stava servendo carne di caribù con cipolle e funghi saltati in salsa gravy su un piatto di riso. Era tutto assolutamente delizioso. La guardai tra un morso è l'altro.

"È buonissimo," commentai.

Levi incrociò il mio sguardo e fece l'occhiolino, prima di rivolgersi a sua madre. "Lucy non ama molto cucinare."

"Gliel'ho già confessato," aggiunsi con un sorriso. "Le ho detto che mi hai invitato a cena per pietà."

"Ma certo che no. Avremmo gradito tutti la tua compagnia. Però sapevo anche che da sola ti saresti mangiata zuppa in scatola."

Gloria sussultò. "Zuppa in scatola?" domandò, in tono incredulo.

Mi strinsi timidamente nelle spalle. "Mia madre non mi ha mai insegnato a cucinare."

"Come sta?" chiese Gloria, tanto per fare conversazione.

"Non la vedo da qualche settimana. Non..."

Mi fermai, senza sapere che altro dire. La sua domanda mi aveva presa alla sprovvista.

"La conosco perché facciamo parte dello stesso gruppo di uncinetto," aggiunse Gloria, come se avesse intuito la mia perplessità.

Non ne avevo idea. Anche se mia madre non si dilettava spesso in cucina, la vedevo spesso lavorare all'uncinetto. Quindi si era integrata meglio di quanto pensassi. Cercai di rimanere impassibile, per evitare imbarazzi. Chissà se Gloria lo sapeva che il rapporto tra me e mia madre non era dei migliori. In quel momento me ne vergognai.

"Non pensavo vi conosceste," affermai, senza davvero sapere cosa dire.

Gloria annuì e sorrise, bevendo un sorso di vino. "Beh, giusto da qualche mese. Janet ha creato il gruppo e mi ha costretta a unirmi. In realtà non so nemmeno perché lo chiamiamo 'gruppo di uncinetto', visto che è più una scusa per vederci. Tua madre è tanto orgogliosa di te, sai."

La guardai, colta da una curiosità improvvisa. Ma non osando bombardarla di domande, sorrisi e annuii con educazione. Per fortuna, il padre di Levi cambiò argomento, chiedendomi consigli sul garage.

Tra una chiacchiera e l'altra, l'imbarazzo svanì. Era una cena tranquilla e rilassata, dove mi sentivo molto a mio agio. E non pensavo che mi sarei mai sentita così bene con la famiglia di un uomo.

Era una bella sensazione, ma cercai di non soffermarmi troppo su quelle emozioni. Finito di mangiare, ovviamente Gloria rifiutò l'aiuto di tutti quanti e iniziò a ripulire da sola la cucina. Guardando Levi, gli disse, "Ho detto a Lucy che sicuramente non avrai problemi ad ospitarla finché ne avrà bisogno. Secondo me dovrebbe comunque comprare un terreno per costruire una casa da zero. Altrimenti qui non farebbe altro che buttare via soldi."

Una vampata di calore mi pervase. Aveva appena detto a Levi di lasciarmi la stanza degli ospiti per tutto l'inverno. Ero così scioccata che per poco non sputai il vino che avevo in bocca. Levi incrociò il mio sguardo, con un tenue luccichio negli occhi.

"Ma certo che può restare quanto vuole, glielo dico sempre. Quindi perché non fai un piano per il futuro?" chiese, con nonchalance.

Mi aveva messa all'angolo. Come potevo rispondergli davanti ai suoi genitori senza sembrare una stronza? E per non parlare del modo in cui mi stava guardando. Il fuoco nei suoi occhi mi fece bruciare di desiderio.

"Ho deciso di improvvisare e vedere che succede," risposi con un sorriso cortese, cercando inutilmente di placare il rossore che avevo sulle guance.

Non osavo dire a voce alta che una piccola parte di me — una parte matta da legare, che ultimamente usciva sempre più spesso — stava facendo i salti di gioia. Un inverno intero con Levi sarebbe stato il paradiso, paradiso puro. Ormai mi ero arresa ai miei sentimenti, conscia che non sarei mai riuscita a levarmelo dalla testa.

Capitolo Ventidue

LEVI

Più tardi, dopo aver parcheggiato davanti a casa guardai lo specchietto retrovisore, su cui erano riflessi i fanali del pick-up di Lucy. Non era molto tardi, di solito i miei genitori finivano presto di cenare. Spensi il motore e scesi dall'auto, avvicinandomi a quella di Lucy come si fermò accanto a me.

Aveva le guance rosse e i capelli arruffati dal vento. Prima di tornare a casa, mio padre aveva insistito per portarla a fare una passeggiata nel giardino di mia madre. Ne andava molto fiera, quindi lui non perdeva mai l'occasione di mostrarli agli ospiti. Nell'orto e nel frutteto cresceva qualsiasi pianta che riuscisse a sopravvivere in quella zona dell'Alaska.

Lucy chiuse la portiera e mi guardò. "Mi sono trovata molto bene. Grazie per l'invito," disse.

Quando le ero vicino, faticavo a frenare gli istinti primordiali del mio corpo. C'era voluto tutto il mio autocontrollo per tenere a bada il cazzo davanti ai miei genitori.

Ero sicuro al cento per cento che il giorno dopo mia madre mi avrebbe telefonato. Era una donna

molto sveglia e sicuramente non le era sfuggita quell'e-
lettricità che correva tra me e Lucy.

Mio padre era andato subito al sodo con un,
"Quindi ti piace tanto, eh?"

Quell'uomo non aveva peli sulla lingua e parlava
sempre di tutto apertamente. Avrei preferito non rive-
lare nulla, ma mi conosceva troppo bene. Quindi gli
avevo raccontato la verità, ovvero che per la prima
volta in vita mia sentivo di aver trovato la donna
giusta.

Con un sorriso e lo sguardo colmo di affetto,
aveva risposto. "E capisco benissimo il perché. È una
ragazza adorabile. Ma non riuscirai a conquistarla
facilmente. Dovrai impegnarti sul serio e
meritartela."

Ripensai alle sue parole mentre guardavo Lucy.
Probabilmente ero già innamorato di lei. Era riuscita a
rapirmi completamente e l'avevo lasciata fare. C'era
voluto niente, ma quei sentimenti venivano dal cuore.
Dovevo soltanto cercare di non rovinare tutto.

———

Nella fioca luce del crepuscolo, i nostri occhi si
incontrarono. Il cielo era quasi completamente scuro,
le ultime striature rosa del sole stavano lasciando il
posto alle stelle e la luna. Andai da Lucy e la presi per
mano, attirandola a me.

Avrei voluto dire qualcosa, ma non lo feci. La sentii
irrigidirsi accanto a me, nervosa come sempre. Volevo
in qualche modo farle capire che con me poteva
lasciarsi andare, abbassare la guardia. Le spostai dolcemente i capelli dal viso e le accarezzai la schiena,
facendo attenzione al braccio infortunato.

Notando la mia esitazione, i suoi occhi azzurri si

incupirono. "Non mi fa più male. Quindi non ti devi preoccupare."

L'accenno di un sorriso le incurvava gli angoli della bocca, rassicurandomi che il mio gesto non l'aveva infastidita.

Un vero miracolo.

Con un'alzata di spalle, mi abbassai su di lei e baciai una guancia. La tentazione di toccarla era troppo forte.

"Sarà, ma preferisco comunque fare attenzione." E poi, dal cuore, aggiunsi, "Lascia che mi prenda cura di te."

Le mie parole la lasciarono di stucco e sospirò piano. Incominciai a tempestarle il collo di baci e la sentii rilassarsi sotto il mio tocco, mentre con l'altro braccio mi cingeva la vita.

Avrei voluto fare con calma. Ma poi le nostre lingue si incontrarono in una danza sensuale e fece scivolare la mano sotto la maglietta per esplorare il mio petto. Il suo tocco mandò scintille di fuoco sulla superficie della pelle. Il bacio divenne più ardente. Le intrecciai le dita ai capelli e le posai l'altra mano sul sedere sodo per premerla contro la mia erezione.

Lucy mi faceva impazzire. Ormai il mio autocontrollo stava arrivando al limite. Dopo aver passato ore a soffocare il desiderio insaziabile di lei, non riuscivo più a contenerlo.

La presi tra le braccia e mi avvolse le gambe attorno alla vita, le braccia ai lati del collo. Sentirla ansimare e gemere contro di me mi stava uccidendo. Non smise un secondo di baciarmi, ma in qualche modo riuscii a camminare. Avevo bisogno di lei più dell'aria che respiravo. Le nostre bocche non riuscivano a fare a meno dell'altra.

Grazie al cielo era leggera come una piuma. Riuscii

a salire i gradini ed entrare in casa senza ruzzolare per terra. Mi chiusi la porta alle spalle con un calcio e mi voltai, spingendola contro il legno. Per un attimo temetti di aver usato troppa forza, quindi mi fermai e sollevai la testa.

"Oh, tranquillo. Mi piace così," mormorò, la voce roca.

Dopo un altro bacio intenso e passionale, scivolò a terra e mi slacciò famelica i jeans. Prima che potessi fare qualcosa, mi abbassò con forza le mutande e mi spinse contro la porta.

Senza perdere neanche un secondo, avvolse le dita attorno all'erezione prorompente e pulsante. Mi sfuggì un grugnito e la guardai. I capelli spettinati le incorniciavano il viso arrossato, le labbra rosse e gonfie.

Tirò fuori la lingua e la fece guizzare attorno alla punta, leccando le goccioline di eccitazione con un sorrisetto malizioso sulle labbra. Sentii cedermi le ginocchia. Le spostai i capelli dal viso, aggrappandomi all'ultimo briciolo di lucidità rimasta quando lo prese in bocca.

Iniziò a succhiarlo e leccarlo nella sua bocca calda e umida, tenendo ben salde le dita alla base per massaggiarlo con movimenti ben controllati e ritmati che mi stavano portando sempre più vicino all'apice. Era troppo presto, non volevo ancora finire.

"Lucy, voglio..."

Ma le mie parole si persero nell'ondata di piacere immenso che mi attraversò e le esplosi in bocca. Inghiottì con un sorriso e si tirò su, mentre io mi afflosciavo contro la porta.

Si passò la lingua sulle labbra e un'altra scarica di desiderio mi pervase. Lei non mi bastava mai. La sollevai e la strinsi a me. Volevo portarla al piano di sopra per fare l'amore. Ma lei aveva ben altri piani.

Mi tirò per la maglietta, facendomi quasi perdere l'equilibrio. La lasciai accanto al divano, con una risata. Iniziai a spogliarla, strappandole la camicetta di dosso e sfilandole i jeans. Il suo intimo era sempre una sorpresa — quella notte portava mutandine rosa di cotone.

Le infilai una mano tra le cosce, trovandola bagnata ed eccitata. La stuzzicai facendo scivolare le dita sul tessuto. Trattenne il respiro e mi guardò, mordendosi il labbro. I capezzoli turgidi facevano capolino sotto la seta sottile del reggiseno. Mi chinai e iniziai a leccarle il seno, al che lanciò un gridolino e si inarcò contro di me. Avevo raggiunto il limite. Volevo vederla nuda. Le tolsi il reggiseno e le abbassai le mutande. La feci voltare dall'altra parte e afferrò con forza lo schienale del divano, calciando via le mutandine agganciate alla caviglia.

Ed eccola lì, piegata a novanta davanti a me, con le curve deliziose del sedere in bella mostra. Il desiderio mi stava dando alla testa e dovetti fare appello a tutto il mio autocontrollo per non venire di nuovo lì su due piedi.

Capitolo Ventitré

LUCY

Strinsi con forza lo schienale del divano, affondando le dita nel tessuto morbido. Levi mi lasciò andare i capelli e fece scivolare la mano lungo la schiena, lasciandosi dietro una scia ardente. Inarcai il bacino verso di lui, impaziente.

La pelle calda e vellutata del suo membro strofinò contro il mio fondoschiena. Poi fece scivolare una mano tra le cosce, divaricandomi le gambe con un ginocchio mentre con un dito stuzzicava la mia femminilità umida di umori.

Con un urlo, gemetti il suo nome. Quasi non mi riconoscevo. Levi mormorò qualcosa e si allontanò. Raddrizzai la schiena e voltai la testa. "Dove..."

"Non ho un preservativo," mi interruppe. "Corro al piano di sopra."

Scossi vigorosamente la testa. "Non ce n'è bisogno. Prendo la pillola."

Il suo sguardo penetrante trovò il mio, facendomi sentire vulnerabile.

"Scusa, non so perché l'ho detto. Volevo..." iniziai, ma mi fermò.

Scosse la testa, afferrandomi di nuovo per i fianchi.

Prendevo la pillola da una vita, giusto per precauzione.

Nonostante quello, non avevo mai fatto sesso senza preservativo. Nemmeno quella mia fatidica prima volta. Anche se il tipo si era comportato da vero idiota dopo essersi preso la mia verginità, aveva comunque usato il profilattico.

Guardai Levi, mentre la sua mano stava lasciando un marchio incandescente sulla mia pelle, fondendoci insieme. Non volevo mi lasciasse per correre a prendere un preservativo. Non volevo una pausa in cui rischiavo di pensare troppo. Scossi di nuovo la testa, spingendo il bacino contro di lui.

"Ho bisogno di te," dissi con voce roca per il desiderio.

Dovetti distogliere lo sguardo dal suo. Era troppo intenso, il momento troppo intimo.

"D'accordo," disse dolcemente. "Ne sei..."

Lo interruppi, anticipando le sue parole. "Se non ne fossi sicura non avrei detto niente, non trovi?"

Non volevo perdere tempo a parlare e pensare. Volevo lasciarmi andare completamente al piacere. Si avvicinò, premendo la punta del pene contro il mio sesso. Nonostante fosse venuto pochi minuti prima nella mia bocca, era nuovamente grosso e duro. Sapere che forse anche lui mi desiderava tanto quanto io desideravo lui fu un vero sollievo. Iniziò a stuzzicarmi scivolando avanti e indietro, il membro umido con i miei umori.

Dopo un altro mio gemito insofferente, finalmente mi diede ciò che volevo. Scivolò piano e sicuro dentro di me, riempiendomi con un unico affondo. Rimase fermo per qualche istante, stringendomi per i fianchi. Inarcai il bacino verso di lui, premendomi contro il suo corpo muscoloso. Il suo tocco ardente mi bruciò la schiena, alimentando le fiamme insaziabili che già bruciavano in me.

Ero tutta un fuoco e stavo perdendo ogni briciolo di controllo, ma in quel momento non mi importava. Il desiderio vorticava impetuoso dentro di me, gettandomi in uno stato di frenesia. Mi afferrò i capelli e iniziò a muoversi, ritraendosi completamente per poi affondare di nuovo. E così ancora e ancora, portandomi sempre più al limite. I suoi sussurri mi fecero venire la pelle d'oca.

"Mi fai impazzire, Lucy. Sei troppo sexy, cazzo."

Si spinse con forza dentro di me e lanciai un urlo.

"Sei così stretta. Non sai quanto cazzo è bello."

Ogni spinta mi faceva ansimare, gemere, urlare. Mi stava dando esattamente ciò che volevo per placare la mia fame, fottendomi con vigore e ferocia.

Affondò di nuovo in profondità e lo sentii irrigidirsi. Mi lasciò andare il fianco per dedicarsi al clitoride.

L'orgasmo mi travolse con una forza devastante che mi lasciò completamente senza fiato. Persa nel puro godimento, quasi non sentii il suo urlo gutturale mentre esplodeva dentro di me.

Rimasi ferma così, aggrappata al divano a testa bassa. Levi si sollevò lentamente, tenendomi saldamente per i fianchi. Il cuore mi martellava con forza nel petto, ma non soltanto per lo sforzo. Mi sentii come soffocare da un vortice intenso di emozioni.

Non sapevo cosa fare, avrei quasi voluto piangere. Ma invece cercai di riprendere fiato, perdendo completamente la cognizione del tempo. Quando Levi spezzò il silenzio, iniziai a sentire freddo.

"Sei fredda," disse, passandomi le mani calde e rassicuranti sulla pelle. Sollevai la testa e lo guardai, sperando non riuscisse a vedere che avevo gli occhi lucidi.

"L'ho notato."

Si tirò su e mi prese subito tra le braccia per portarmi al piano di sopra. Per poco non inciampò sui gradini.

Non riuscii a trattenere una risata allegra. "Ma come puoi pensare di salire le scale con i jeans alle ginocchia?"

Lo sentii sorridere contro la testa. "Hai ragione," rispose, superando l'ultimo gradino e affrettandosi verso il bagno.

In pochi secondi la stanza si riempì di vapore e Levi mi tolse la fasciatura, per poi portarmi sotto la doccia. Con il getto d'acqua calda sulla pelle, realizzai che quella era la nostra seconda doccia insieme. Non l'avevo mai fatta con nessun altro.

Io, la regina delle avventure di una notte. Una volta all'anno, se mi andava bene. Mai e poi mai avrei pensato di condividere con qualcuno un momento così intimo. Lo osservai mentre si sciacquava lo shampoo sotto il getto, deliziose bollicine che gli scivolavano sul corpo.

Un fisico del genere avrebbe dovuto essere illegale. Avevo l'acquolina in bocca, eppure era stato dentro di me fino a pochi minuti prima. Ma quella fame per Levi era implacabile, non riuscivo mai a sentirmi sazia.

Aveva la pelle abbronzata, il corpo muscoloso ma non definito come se andasse in palestra. Era il frutto del suo lavoro, forza e mascolinità allo stato puro. Era fermo sotto l'acqua calda, a occhi chiusi, e mi stavo letteralmente mangiando con gli occhi il suo fisico statuario. Con un sorriso sulle labbra, feci scivolare lo sguardo giù fino all'inguine. In quel preciso momento non ce l'aveva eretto, anche se glielo facevo sempre venire duro.

Non mi ero mai fermata a riflettere sul potere che avevo sugli uomini. Ma con Levi sentivo un certo senso di soddisfazione misto a vulnerabilità.

Aprì gli occhi e sollevò la testa, incrociando il mio sguardo attraverso la cascata d'acqua. Mi prese per mano e mi attirò a sé, baciandomi con passione. Mi batteva forte il cuore. Non avevo idea di come controllare le mie emozioni.

Ma decisi di abbandonarmi completamente a lui, per perdermi in quella nostra piccola bolla di intimità. Avrei potuto passare giorni e giorni a baciarlo senza sosta.

Lasciò le mie labbra e mi spostò i capelli bagnati dalla fronte. Incrociai il suo sguardo. "Sei proprio bravo, sai?"

Sfoderò uno di quei suoi sorrisini mozzafiato. "A fare cosa?"

"A baciare."

"No, è che siamo perfetti insieme."

L'aria si caricò di una tensione soffocante. La tentazione di correre via c'era, eppure non potevo farlo. Perché nonostante la paura che mi attanagliava, il bisogno di stargli accanto era più forte di qualsiasi altro istinto. Occhi negli occhi, senza scambiarci mezza parola, notò il disagio che mi stava serrando lo stomaco.

Accennando un sorriso, provò ad alleggerire l'atmosfera. "Beh, adesso sei bella calda."

Feci una risatina. Soltanto Levi riusciva a farmi ridere come una ragazzina. Lo guardai dritto negli occhi e risposi, "Già."

Spense l'acqua, uscì dalla doccia e mi passò l'asciugamano.

Grazie al cielo mi aveva ricordato di togliere la fasciatura. Gli dissi che non volevo metterla per dormire e fece per opporsi, ma si trattenne.

"Visto che non ti sei messo a discutere me la metto. Non vedo l'ora di andare dal dottore."

Un istante dopo mi prese in braccio e mi portò in camera. Il suo letto era soffice, le coperte in cotone fresche sulla mia pelle. Mi accoccolai subito contro di lui, che era una specie di stufa umana. Stavo cercando di trovare una posizione per il braccio, evitando di toccare Levi con la fasciatura, quando sentii la sua voce.

"Non lo noto neanche. Quando sono a letto insieme a te dormo come un sasso. Se non stiamo facendo sesso, ovviamente," commentò, un sorriso nella voce.

Feci di nuovo una risatina e gli poggiai la mano sul petto. Al caldo e al sicuro tra le sue braccia, scivolai subito in un sonno sereno.

Capitolo Ventiquattro

LEVI

Qualche giorno dopo, stavo entrando nella cucina dei miei genitori, dopo aver bussato alla porta. "Ciao, mamma," dissi una volta dentro. "Ho letto il tuo messaggio."

La sentii scendere le scale ed entrò in cucina, i capelli raccolti sopra la testa con una matita.

"Ciao, tesoro," disse avvicinandosi, stampandomi un bacio sulla guancia. "Vuoi un caffè?"

"Sì, grazie," risposi, poi mi tolsi la giacca e l'appesi all'appendiabiti accanto alla porta. "Cos'è successo alla lavastoviglie?"

"Beh, se lo sapessi non ti avrei chiamato."

Mi strappò una risata "Hai ragione. Anche a te piace fare tutto da sola, proprio come a Lucy."

Ops, non volevo dirlo ad alta voce.

Mia madre mi portò una tazza di caffè. Nero senza zucchero, proprio come piaceva a me. Bevvi un sorso, preparandomi a un suo commento.

E infatti arrivò subito. "Lucy sembra una donna indipendente. Mi piace," affermò con decisione.

Avvertii su di me il suo sguardo perspicace, ma non avevo niente da nascondere.

"Mi fa piacere," risposi infine. "Piace anche a me."

Un sorriso apparve sul suo volto. "L'ho notato."

Posai la tazza sul tavolo per avvicinarmi alla lavastoviglie e iniziai ad armeggiare per trovare il problema. Dopo un po' guardai mia madre. "Hai controllato lo scarico?"

"Ci ho provato, ma non riesco a svitarlo."

Aprii lo sportello e controllai dentro, mentre mia madre si appoggiava a un bancone accanto a me. Sicuramente il problema era nello scarico, ma proprio non voleva saperne di collaborare.

"Però dico sul serio, Lucy è splendida. Ho parlato un po' di lei con sua madre," continuò.

Sospirai, leggermente infastidito dal suo solito curiosare. Alzai gli occhi al cielo, ma per fortuna non poteva vedermi perché avevo la testa letteralmente nella lavastoviglie.

"Mamma, so che vuoi solo il meglio per me e che ficcherai il naso ovunque, ma ti chiedo il favore di non mettere Lucy a disagio," dissi, la voce ovattata.

"Jody non le dirà nulla. Ormai siamo diventate grandi amiche. Dopo che l'hai portata qui a cena mi sono incuriosita. È una ragazza deliziosa e brillante, ma anche molto riservata. Sembrava un po'... diffidente, no? Non direi timida, però..."

Liberai lo scarico da un deposito di sporcizia e sgusciai fuori dalla lavastoviglie. Mia mamma posò la tazza e andò a prendere la pattumiera. Raddrizzai la schiena e mi lavai le mani.

"Sì, diciamo che è piuttosto diffidente. Cosa speravi di scoprire da sua madre?" domandai.

Anche io ero curioso da morire. Lucy preferiva

evitare l'argomento, ma era evidente che lei e sua madre non fossero molto legate.

Mia madre iniziò a pulire e controllai di nuovo la lavastoviglie. Dopo aver resettato il pannello di controllo ripartì senza alcun problema. Presi il mio caffè e mi appoggiai al bancone, aspettandola.

Gettò un fazzoletto nell'immondizia e tornò a prendere la sua tazza. "Beh, non sapevo cosa aspettarmi, ma mi ha raccontato un sacco di cose. Prima di traferirsi qui, Lucy aveva passato un anno in affidamento."

La guardai a bocca aperta. "Cosa?" riuscii a dire dopo qualche istante di shock.

"Anche io sono rimasta sconvolta. Suo padre era un uomo violento e Jody è rimasta con lui per anni. Mi ha detto che Lucy l'ha picchiata soltanto una volta, ma è stato in quell'occasione che i servizi sociali l'hanno portata via."

Una rabbia irrefrenabile divampò dentro di me. Strinsi con forza l'orlo del bancone, sentendo il bisogno fisico di prendere a cazzotti qualcosa. Ma l'uomo che avrei voluto picchiare purtroppo non sapevo nemmeno dove fosse e *non* potevo di certo prendere a pugni il muro della cucina di mia madre.

Non riuscivo a capacitarmi di quello che mi aveva appena detto. Con la testa tra le nuvole, lo sguardo di mia madre mi riportò alla realtà. "Jody aveva scelto di restare con suo marito, quindi Lucy ha dovuto passare un anno in affidamento. Quando ha trovato il coraggio di lasciarlo, ha preso Lucy e sono venute a Willow Brook per stargli il più lontano possibile."

Buttai giù il resto del caffè amaro. Completamente sconvolto, mi aggrappai all'ultimo briciolo di autocontrollo rimasto. Mi spinsi via dal bancone per riempire di nuovo la tazza.

"Le ho anche detto che hai portato Lucy qui a cena da noi. Non sai quant'è felice di sapere che vi state frequentando."

Poi fece una pausa sospetta. "Cos'è che non vuoi dirmi, mamma?"

Mi guardò intensamente, mettendo giù la tazza di caffè. "Non sta a me dirtelo. Devi parlarne con Lucy."

Il suo sguardo inflessibile sembrava penetrarmi l'anima. Sorseggiai il caffè, cercando di mandare giù il groppo alla gola.

"Sarebbe da pazzi andare in California da suo padre e spaccargli la faccia, vero?"

Un velo di tristezza le rabbuiò gli occhi. "No, da pazzi direi di no, ma non servirebbe comunque a niente. A meno che Lucy non ti chieda di intervenire, non cambierebbe molto," disse dolcemente.

"Potrei prenderlo a pugni e restituirgli il favore," dissi a voce bassa, fremente di rabbia.

Mia madre si avvicinò e mi prese il viso tra le mani, guardandomi dritto negli occhi. "Ti voglio bene, tesoro. Da piccolo eri un bravo bambino e adesso dei diventato un brav'uomo. Capisco come ti senti, ma devi lasciar correre. Non fare nulla finché non saprai cosa ne pensa Lucy," disse, stringendomi dolcemente le spalle prima di allontanarsi.

Ero in preda a un vortice violento di rabbia e turbamento. Ma mia madre aveva ragione. Non potevo fare irruzione nel passato di Lucy, ormai erano passati dieci anni.

"Come posso affrontare con lei l'argomento?" chiesi a mia madre.

Bevve un sorso di caffè, riflettendo sulla domanda. "Capirai da solo quando arriverà il momento giusto per parlarne."

Mandai giù un altro sorso piacevolmente amaro. Era vero, non potevo fare altro che aspettare pazientemente che Lucy si sentisse pronta.

Capitolo Venticinque

LEVI

La settimana seguente, stavo salendo i gradini davanti a casa con un sorriso enorme sul viso perché Lucy era già tornata. Un grosso incendio nell'Alaska interna stava dando del filo da torcere a molte squadre di hotshot, quindi saremmo dovuti partire anche noi. Il vento era cambiato di nuovo, indirizzando le fiamme verso i villaggi indigeni.

Volevo passare più tempo possibile con lei, visto che probabilmente sarei stato via per più di una settimana. Chiudendomi la porta alle spalle, la trovai in cucina mentre fissava confusa la spesa sul bancone. Abbassando leggermente lo sguardo notai che le avevano finalmente tolto la fasciatura al polso. Mi tolsi gli scarponi, appesi la giacca accanto alla porta e mi avvicinai, posandole un bacio sulla curva del collo.

Per qualche motivo in quei giorni era cambiata, come se avesse abbassato la guardia.

"Non hai più la fasciatura," mormorai, prendendola tra le braccia.

Ruotò la testa per incrociare il mio sguardo. "Finalmente," commentò, con l'accenno di un sorriso sulle labbra.

"Cosa ti ha detto il medico?" chiesi.

La sentii fare spallucce contro il mio petto. "Che devo stare attenta e di non sforzarlo troppo."

"Ah, scommetto che riuscirai a fare la brava," risposi con una risata.

Sollevò la mano per colpirmi al petto. "Certo che sì!"

Posai lo sguardo sul bancone. Era da un bel po' che non andava a fare la spesa.

"Come mai hai preso così tante cose?" domandai.

"Oggi preparo la cena," annunciò con decisione.

"Oh," dissi, cercando di rimanere impassibile.

Spostai lo sguardo su di lei, con un sorriso.

Con aria divertita, si morsicò il labbro inferiore.

Sul bancone c'erano verdure e del riso. "Che prepari?"

"Fajitas di pollo." Fece una lunga pausa. "Ma ho dimenticato il pollo," aggiunse, con un sorrisino imbarazzato sulle labbra.

"Direi che non si possono fare le fajitas di pollo senza pollo," affermai.

Scosse la testa, sospirando. "Direi proprio di no."

Si voltò completamente verso di me. "Volevo farti una sorpresa. Tua madre mi ha detto che le adori."

Quando incrociò il mio sguardo con un lieve rossore sulle guance, mi si strinse forte il cuore.

Ero fottuto. Ormai ero innamorato perso di lei, ma dovevo fare attenzione. Non potevo permettermi di spaventarla. Ma in quel momento provai una gioia immensa.

Cercai di immaginarmi la conversazione tra lei e mia madre. Il fatto che le avesse chiesto un dettaglio così piccolo ma premuroso mi mandò su di giri. Mandai giù il groppo in gola, ricordando una cosa.

"In freezer c'è del pollo," le dissi, cercando di tenere a bada l'emozione. "È la prima volta che prepari le fajitas?"

Annuì e si infilò una mano nella tasca dei jeans, tirando fuori un foglietto.

Me lo porse e vidi che si era scritta la ricetta di mia madre. Io ormai però la conoscevo a memoria, visto che da piccolo me le preparava spesso.

"E questa dove l'hai trovata?"

Sollevai lo sguardo, notando che stava ancora arrossendo. "L'ho chiesta a tua mamma. Volevo farti una sorpresa, ma sei arrivato prima del previsto. E poi lo sai che non sono molto brava in cucina."

"Allora ti aiuto io," le dissi.

Un sorriso raggiante le illuminò il viso e la strinsi forte a me. La sollevai tra le braccia, strappandole una risatina, e coprii le sue labbra con le mie.

———

Dopo una delle serate più magiche della mia vita ero a letto con Lucy, la testa sul mio petto e le curve premute contro il mio corpo. Soddisfatti, sudati, senza fiato. Eravamo appena esplosi uno nelle braccia dell'altra e volevo restare ancora dentro di lei, pulsante per il godimento.

Quando il martellio del mio cuore si placò e riuscii a riprendere fiato, Cri zampettò in camera da letto, i passi che riecheggiavano nell'aria. Lucy sorrise.

"Mi piace troppo che hai un criceto," disse con una risata, solleticandomi la pelle col suo respiro.

Le accarezzai lentamente i capelli e la schiena, senza riuscire a smettere di sorridere.

"Me l'ha regalato Jasmine per farmi compagnia. A volte è proprio impossibile dirle di no, ma non mi posso lamentare. È proprio una creaturina buffa."

Ancora non le avevo detto che sarei dovuto partire dopo qualche giorno. Avrei decisamente preferito restare lì con lei. Probabilmente percepì qualcosa perché sollevò la testa, poggiando il mento sul petto.

I suoi meravigliosi occhi azzurri brillavano al chiaro di luna che filtrava attraverso la finestra.

"Che c'è?" chiese.

"Stavo per dire che ogni volta che parto per lavoro devo sempre chiedere a qualcuno di passare a prendersi cura di Cri, e di solito ci pensano i miei genitori. Però mi sono giusto ricordato che dopodomani devo partire a nord con la squadra, visto che siamo in rotazione."

"Domani?" chiese, spalancando leggermente gli occhi.

Sentii il battito del suo cuore accelerare.

"No, dopodomani." Feci una pausa, riflettendo su cosa dire, e poi mi buttai. "Speravo potessi prendertene cura tu, mentre non ci sono."

Rimase ferma immobile, ma la sentii irrigidirsi contro di me. Come sempre, si perse nella sua testa.

Quando stavo ormai per perdere le speranze, annuì.

"Certo. Tanto sono qui," disse piano, con occhi cauti.

"Grazie. A Cri piaci molto."

Lucy fece una risatina e il suo sguardo si rilassò. "Dici?"

"Certo che sì. Dopo cena è venuto da noi sul divano e ha dormito sul tuo grembo."

Stavo continuando ad accarezzarle affettuosamente la schiena, mentre lei mi studiava il viso.

"Dovrei riuscire a trovare presto un appartamento," disse di punto in bianco.

Le sue parole furono come una pugnalata al cuore. Mi si bloccò la mano, ma la costrinsi a muoversi di nuovo sulla sua pelle setosa. Avrei voluto dirle, *"Non andartene. Resta qui con me."*

Eppure, non lo feci. "Sai che puoi rimanere tutto il tempo che vuoi."

Mi fissò, mentre l'emozione mi serrava la gola. Per un istante pensai non avrebbe risposto, ma poi annuì.

"Grazie," disse dolcemente. "Sto ancora cercando qualcosa in affitto. Probabilmente sarà più facile trovare un appartamento per l'inverno."

Provai a mandare giù la bile che mi stava soffocando, cercando di mantenere il controllo. Avrei voluto stringerla forte, dirle che non doveva fare tutto da sola.

Mi guardò morsicandosi l'interno della guancia, un tic nervoso che avevo da poco notato.

Mentre mi accarezzava il petto, continuò, "Quindi parti dopodomani?" Annuii alla sua domanda. "E per quanto stai via?"

"Non lo so. Di solito una o due settimane, ma potremmo anche dover rimanere più tempo. Dipende tutto dall'incendio e le condizioni atmosferiche."

Mi guardò in silenzio, sollevando un dito per tracciarmi le sopracciglia. "Oh, beh. Spero tornerai presto."

Le sue parole mi colpirono dritte al cuore. L'incertezza nel suo sguardo mi trattenne dall'aggiungere qualcos'altro, quindi annuii.

Fece scivolare la mano lungo lo zigomo, fermandosi sulla curva del collo. Posò di nuovo la testa sul mio petto, mentre il suo respiro mi solleticava piacevolmente la pelle. E dopo un po', il sonno ci vinse.

Capitolo Ventisei

LUCY

Il giorno seguente, finalmente potevo ricominciare a lavorare seriamente. Il dottore mi aveva giusto raccomandato di non sforzare troppo il braccio.

Una folata di vento fresca mi accarezzò il viso. Amavo il mio lavoro perché potevo stare all'aperto. Mi faceva sentire appagata e riusciva a liberarmi la mente. Amavo lo sforzo fisico a cui mi sottoponeva e la prevedibilità tipica di un lavoro manuale. Misure precise, ordine e organizzazione.

Invece la vita si basava sull'incertezza più totale. Rilassarsi era praticamente impossibile. Durante l'anno in affidamento ero andata dalla psicologa. Mi era venuta incontro, ma a quei tempi ero piena d'astio e odiavo la vita. Così giovane, eppure non volevo altro che una vita normale e noiosa. Ero riuscita a fuggire dalle grinfie di mio padre, ma mia mamma no. Non facevo altro che pensare a lei, preoccupata per la sua salute mentale e fisica. Vivevo soffocata dall'angoscia, sempre pronta al peggio.

A detta della psicologa, il trauma poteva suscitare

nelle persone un atteggiamento ipervigilante, costringendole a un constante stato di tensione e stress cronico, sempre alla ricerca del pericolo. Per quanto avessi sempre odiato con tutta me stessa ammettere di avere debolezze, aveva centrato in pieno il problema. Il relax e la serenità erano concetti a me estranei, non facevo altro che preoccuparmi per il futuro.

Un senso di angoscia mi attanagliò il petto. Quello che c'era tra me e Levi era magico. Avevo abbassato le mie difese e mi ero lasciata andare anche fin troppo.

La sua partenza mi aveva completamente sconvolta a livello emotivo. Eppure era il suo lavoro, non potevo permettermi di perdere la testa.

Ecco perché non riesci mai a goderti la vita.

Quella vocina presuntuosa fin troppo saggia mi tormentava.

La voce di Amelia mi distolse da quei pensieri cupi. "Direi che ne abbiamo abbastanza," disse, con voce divertita.

Incrociai i suoi occhi color ambra, increspati agli angoli da un sorriso. Abbassai lo sguardo e notai di aver tagliato più travi del dovuto. Mi voltai verso di lei, alzando gli occhi al cielo con una risata.

"Mi sono fatta prendere la mano. Sono troppo contenta di poter lavorare di nuovo."

Mi studiò il volto, senza dire niente. Sapevo che non le sfuggiva mai nulla, in fondo mi conosceva meglio di chiunque altro.

"Tutto bene?"

Alla sua domanda, sentii una morsa al petto. Ero terrorizzata. Senza neanche volerlo, senza neanche rendermene conto, alla fine mi ero innamorata di Levi. Non avrei mai dovuto permetterlo, ma non mi era mai successo prima, non pensavo nemmeno di poterne essere in grado.

Ero quasi tentata di nasconderle le mie vere emozioni, però per lei ero un libro aperto.

Finii di tagliare la trave che avevo in mano e la aggiunsi alle file ordinate di legna accanto alla parete. Mi appoggiai al cavalletto e la guardai, incrociando le braccia.

"Sono nei pasticci," dissi sospirando.

Soltanto dirlo a voce alta mi fece martellare il cuore all'impazzata.

Amelia si mise di fronte a me, sciogliendosi i capelli spettinati per farsi nuovamente la coda di cavallo. Mentre armeggiava con l'elastico, mi guardò.

"Stiamo parlando di Levi?" chiese.

Annuii, con gli occhi inondati di calde lacrime.

"Ed è una brutta cosa?"

Annuii di nuovo, forse troppo vigorosamente. Il suo sguardo si addolcì. "E perché? Levi è un bravo ragazzo. Cade è convinto sia innamorato di te."

Il mio cuore iniziò a battere così forte da far male. Quella gabbia in cui tanti anni prima avevo chiuso a chiave la speranza si aprì di colpo, da sola.

"E perché ne sarebbe così convinto?" chiesi, la voce rotta dall'emozione.

Mi resi conto di aver iniziato a piangere soltanto quando Amelia si avvicinò e mi abbracciò.

Mi lasciò andare e sospirò profondamente. "Beh, allora a quanto pare ho ragione pure io."

"In che senso?" domandai, asciugandomi il viso con la manica.

"Oh, diciamo che lo sapevo che se avessi finalmente dato una chance a Levi alla fine ti saresti innamorata di lui. Ma tranquilla, a Cade non ho detto niente. Tra di voi non c'è soltanto sesso, anche se scommetto che è magico," disse con un sorriso, tornando ad appoggiarsi al cavalletto.

Mandai giù il groppo che mi attanagliava la gola. "Direi che forse è davvero così. Ma non ce la faccio, non posso."

"Perché no? Per Cade ho messo da parte l'orgoglio. Sono sicura possa farlo anche tu," disse dolcemente.

Scossi la testa, provando a riprendere fiato. Era come se il mio cuore avesse ricevuto una pugnalata, il dolore troppo vivido.

"Preferisco stare da sola," conclusi.

Amelia sollevò la testa verso il cielo, mentre un'aquila volava lenta sopra di noi, proiettando la sua ombra sul terreno. Feci qualche respiro profondo, ma il dolore non accennava a placarsi.

Quando Amelia incrociò di nuovo il mio sguardo, continuai, "Ha detto che domani deve partire con la squadra. Probabilmente starà via per due settimane."

"Lo so, è stato chiamato anche Cade. Adesso puoi capire come mi sento. È sempre terribile," disse amaramente. "Provo a ripetermi che sono addestrati per qualsiasi evenienza ed emergenza, ma l'angoscia rimane comunque."

Stringendomi le braccia attorno al corpo, annuii. "Levi ha detto che posso passare l'inverno da lui."

"E dove sarebbe il problema? Hai bisogno di un tetto sopra la testa. Cioè, lo sai che quando possiamo tornare a casa con la caldaia sei la benvenuta, ma lui ha comunque molto più spazio di noi."

"Non posso," risposi, scuotendo vigorosamente la testa.

"Non c'è niente di male nell'appoggiarsi a qualcun altro," disse Amelia.

Le sue parole mi colpirono come una frustata. Odiavo dover dipendere da qualcun altro. Mia madre si era rovinata la vita proprio così. Aveva passato anni ad appoggiarsi a mio padre, quindi non era mai riuscita a trovare il coraggio di lasciarlo. Quell'uomo aveva completamente annullato ogni sua minima capacità di indipendenza. Ero convinta che tra due persone non potesse esistere un rapporto di dipendenza sano.

"Non ce la faccio a parlarne," sbottai.

Mi voltai a raddrizzare le pile di travi, per quanto non ce ne fosse il minimo bisogno.

"Possiamo cambiare argomento?" le chiesi, senza guardarla.

"Certamente," rispose. "Quando ti senti pronta a parlarne, sai dove trovarmi."

Dovetti trattenere una risata. Aveva detto *quando* e non *se*. Lei era fatta così.

———

Quella notte, ero *di nuovo* nel letto di Levi. Ormai avevo completamente abbandonato la camera degli ospiti. Dopo aver mangiato gli avanzi delle fajitas che aveva praticamente cucinato soltanto lui la sera prima, la passione ci aveva travolti e non eravamo nemmeno riusciti a spostarci dalla cucina.

Una sensazione di calore ed estremo relax mi avvolgeva. Con la testa posata sulla sua spalla, mi accarezzava dolcemente i capelli.

Il suono della sua voce mi riportò alla realtà. "Lucy?"

Sollevai la testa per guardarlo. "Mmh?" mormorai.

"Mi mancherai," disse con voce roca, incrociando il mio sguardo al chiaro di luna.

All'inizio ero confusa. Echi del potente orgasmo mi facevano ancora tremare tutta e avevo cercato di cancellare ogni pensiero negativo dalla mia mente. Ma la realtà era che Levi sarebbe partito il giorno dopo. Per almeno due settimane. Sembrava quasi un'eternità.

L'aria si caricò di tensione. Con un abisso a separarci, mi sarebbe mancato da morire.

Ma non ero pronta a provare quei sentimenti, tantomeno a parlarne. I suoi occhi intensi studiarono attentamente i miei, così perspicaci da riuscire a leggermi l'anima — l'anima di una donna imperfetta e confusa che non pensava di meritare l'amore.

Un doloroso senso di colpa mi assalì. Lui aveva avuto il coraggio di parlare dei suoi sentimenti. Era schietto e diretto. Conoscere i suoi genitori non aveva fatto altro che peggiorare le cose. Vederlo insieme a loro aveva messo in evidenza ciò che già sapevo. L'avevo visto per ciò che era davvero, un uomo forte con un cuore d'oro. Meritava una donna più audace di me.

Dopo un istante, scorsi come un flash nei suoi occhi. Senza bisogno di scambiarci una parola, aveva capito i miei timori. Però non avrebbe insistito.

"Volevo solo fartelo sapere," disse infine.

Mandai giù il nodo alla gola, il cuore stretto in una morsa. Poi sorpresi persino me stessa.

"Anche tu mi mancherai."

Spalancò leggermente gli occhi e mi spostò i capelli dal viso. Sollevò la testa per trovare le mie labbra, racchiudendole in un bacio.

Il contatto fu delicato ma come una scarica elettrica. Il cuore mi batteva all'impazzata, manco avessi appena corso una maratona.

Posò di nuovo la testa sui cuscini, facendomi scivolare la mano lungo la schiena. Ormai mi stavo abituando ad addormentarmi con le sue dolci carezze, piacevoli come una ninnananna.

Soltanto con Levi riuscivo ad addormentarmi così

facilmente. Riuscivo a dimenticare tutte le mie paure e preoccupazioni. Sarà stata la vicinanza fisica, l'appagamento sessuale. Ma in realtà quel senso di pace avrebbe dovuto terrorizzarmi. Scacciai quei pensieri negativi, rilassandomi nel suo calore. Il battito del mio cuore rallentò e il sonno mi reclamò.

Capitolo Ventisette

LUCY

Levi era partito ormai da qualche giorno e mi aveva telefonato prima di lasciare Fairbanks. Io, come una stupida ragazzina innamorata, non avevo mai esitato a rispondere. Durante le prime due telefonate ero riuscita a mantenere il controllo, parlandogli della mia giornata e di Cri. Ma l'ultima era stata diversa.

Soltanto il pensiero mi fece arrossire. In un momento di debolezza, mi ero lasciata sfuggire un qualcosa di terribilmente stupido. Ecco com'era andata.

Levi mi disse che gli mancavo e mi era piaciuto proprio tanto. Ma poi qualcosa scattò dentro di me. No, non potevo permettermi di soffrire così tanto per lui. Dovevo di nuovo rialzare quel muro che era riuscito a buttare giù. Tanto tra di noi non poteva funzionare. Non ero fatta per le relazioni serie. Mi terrorizzavano.

Al mio silenzio, decise di spingersi un po' troppo oltre.

"Lucy, ormai penso dovremmo accettare entrambi che tra di noi c'è qualcosa di più, non pensi?"

Le sue parole mi fecero infuriare. Avevo sempre odiato parlare dei miei sentimenti e lui voleva addirittura che parlassimo di noi due? No, assolutamente no.

Sicuramente era una cosa normalissima da dire, ma per me era troppo soffocante.

Ed ecco la stronzata.

"Non capisci, non c'è proprio nulla da accettare. Nel mio mondo non esiste alcun lieto fine."

Trattenendo il fiato, con tono amareggiato mi chiese, "Perché dici così?"

Sentendomi vulnerabile e messa all'angolo, senza sapere come altro reagire, mi sfogai senza freni.

"Levi, non puoi proprio capirlo. Hai una famiglia perfetta. I tuoi genitori sono persone adorabili e stanno ancora insieme. Si amano e farebbero qualsiasi cosa per te. E sono felice per te, davvero. Ma la mia famiglia non è così. Mio padre era un uomo di merda. L'ho visto abusare verbalmente ed emotivamente di mia madre da quando ero piccola. Alzava pure le mani e una volta ha picchiato anche me..."

Feci una pausa per riprendere fiato, soffocata dal vortice di emozioni che mi turbinava dentro. Che mi avesse chiesto o meno il perché, decisi comunque di continuare a riversargli addosso tutti i miei problemi.

"Sai, alle superiori ero una ragazza timida. Era una scuola molto grande e non avevo amici perché cambiavamo spesso città. Ovviamente mi ero presa una stupida cotta per un ragazzo. Quando mi ha portata al ballo scolastico ero così felice da dargli la mia verginità. Fino a lì è andato tutto bene, ma poi l'ha raccontato a tutta la scuola e hanno iniziato a darmi della sgualdrina, prendendomi di mira come neanche immagini. Ancora non so come, ma l'ha scoperto pure mio padre. Ce l'aveva a morte con mia madre perché è rimasta incinta alle superiori e a detta sua gli aveva rovinato la vita. Sono tornata a casa e l'ho trovato furioso. Quella notte sono andata a dormire con due begli occhi neri. Poi i servizi sociali mi hanno salvata da quella casa e sono stata data in affidamento. Non ero mai stata tanto felice in vita mia. Capisci che bella famiglia che avevo. Ma un anno dopo, mia madre ha finalmente trovato il coraggio di lasciare quell'uomo e ci siamo trasferite a Willow Brook."

Finito di parlare, sentii come un forte fruscio nelle orecchie. Avrei voluto urlare e piangere. Non potevo credere di avergli appena raccontato tutto. Non l'avevo mai detto a nessuno. Perfino Amelia non conosceva tutta la storia.

Da brav'uomo com'era, Levi rispose con cortesia.

"Lucy, mi dispiace. È terribile," replicò con cautela, senza sapere cosa dire.

Lacrime amare iniziarono a rigarmi il volto. Dovevo assolutamente chiudere la telefonata. "Devo andare."

"No! Lucy, non ancora. Lascia che..."

Lo interruppi. "Cosa? Vuoi dirmi che andrà tutto bene? Vuoi dirmi che provi pena per me? Ormai è una storia passata. L'ho superato. Ma voglio che tu capisca che non tutti hanno avuto la fortuna di crescere in un ambiente come il tuo. Non è tutto rose e fiori."

"Lasciami almeno continuare. Non posso rimanere impassibile perché ciò che ti è successo è terribile. Non provo pena per te, ma sono comunque profondamente dispiaciuto. Voglio poterti restare accanto. Permettimi di..." Fece una pausa, seguita da un respiro tremolante. "Lucy, permettimi di amarti e..."

Non ce la facevo più. Il dolore era troppo forte. Chiusi la telefonata e spensi subito il telefono.

Che disastro. Ero assolutamente mortificata e mi sentivo più vulnerabile che mai. Con lui era impossibile mantenere il controllo sulle mie emozioni e ormai non mi sentivo più nemmeno me stessa, quindi non avevo altra scelta. Al suo ritorno, avrei lasciato casa sua.

Capitolo Ventotto

LEVI

Il suono delle pale dell'elicottero che sferzavano l'aria attirò il mio sguardo verso il cielo, ma non riuscivo a vedere niente. L'aria era impregnata di fumo fitto e denso, trasportato dal vento.

Le squadre in rotazione erano la mia e quella di Cade. In una zona così selvaggia come quella, era normale che un incendio perdesse il controllo in quel modo, con ettari ed ettari di alberi che lo alimentavano.

Ormai stavamo lì già da una settimana ed eravamo tutti esausti. Jesse chiamò il mio nome e mi voltai. Era perfino impossibile capire che ore fossero. Per quanto l'estate fosse quasi finita, le giornate duravano ancora un'eternità. Il sole sopra di noi non era altro che un alone dorato.

Togliendomi i guanti per controllare l'orologio, vidi che erano le sette di sera. Jesse si avvicinò e si tolse il respiratore, visto che il fumo aleggiava soltanto sopra le nostre teste.

Indicò alle mie spalle con un cenno del capo. "Quello laggiù dovrebbe essere Fred," commentò.

Fred Banks era molto conosciuto nel nostro
settore. Pilota di aerei ed elicotteri, passava l'estate a
trasportare le squadre di hotshot in giro per l'Alaska.
Era un lavoro molto pericoloso perché si spingeva in
zone selvagge e isolate, in cui la natura era assolutamente imprevedibile.

Negli ultimi tre giorni ci eravamo occupati delle
fasce tagliafuoco, approfittando dei fiumi della zona.
Fred doveva riaccompagnarci alla base, composta da
un tendone per l'attrezzatura, uno medico e un posto
sicuro dove dormire. Tempo permettendo, in qualche
giorno avremmo finito.

Incrociai lo sguardo di Jesse, dandogli una pacca
sulla spalla. "Ottimo. Allora andiamo. Hai radunato
tutti?" chiesi.

Jesse annuì e si caricò il borsone sulla spalla, allon-
tanandosi. Era uno dei leader della mia squadra e mi
fidavo ciecamente di lui.

Come succedeva sempre durante i momenti di
pausa, Lucy si infiltrò tra i miei pensieri. Mi mancava
da morire, ma almeno il lavoro riusciva a distrarmi dal
dolore.

Non avevo mai provato niente di simile, una soffe-
renza così acuta. Mi tornò alla mente la nostra ultima
notte insieme. Aveva detto che le sarei mancato pure
io, ma il mattino seguente aveva come rialzato un
muro tra noi.

Era nervosissima e avrei voluto soltanto stringerla
forte al petto e dirle di non preoccuparsi. Però sapevo
di doverle lasciare spazio, di non invaderle la mente.
Era una donna indipendente, forte e intelligente che
purtroppo aveva il terrore di appoggiarsi a qualcun
altro.

Passavo notte e giorno a scervellarmi, cercando un
modo per far crollare definitivamente le sue difese, per

farle capire che da lei non volevo altro che il suo amore. Ero pronto a darle il mio cuore, tutto il sostegno di cui potesse mai avere bisogno.

Ma ancora una risposta non l'avevo trovata. E sicuramente non sarei riuscito a trovarla lì, a chilometri di distanza da lei, isolato dal mondo intero.

La amavo e sentivo che quei sentimenti erano ricambiati.

Eppure, non riusciva ad accettarlo. La nostra ultima telefonata era stata un vero disastro. Potevo chiamarla soltanto alla base, perché altrimenti non c'era campo.

Furiosa perché le avevo detto che mi mancava, mi aveva raccontato senza filtri il suo passato, per poi chiudermi il telefono in faccia. Non la sentivo da quel giorno.

Morivo dalla voglia di parlarle ancora, ma era determinata a ignorarmi. In quel momento capii perché mia madre non mi aveva raccontato tutto. Una donna come Lucy — orgogliosa, fortissima e che amava la sua indipendenza — odiava farsi vedere vulnerabile. Per fortuna non sapeva che mia madre mi aveva già raccontato la sua storia. Sarebbe stata furiosa. E sicuramente lo era con se stessa per non aver tenuto a freno la lingua. Poi ero partito nel bel mezzo del nulla, senza essere riuscito a ricontattarla.

Non mi sentivo solo frustrato, ma anche ferito. Il mio cuore soffriva per lei e il suo passato, ma mi stava scacciando come una mosca fastidiosa.

L'elicottero atterrò poco distante. Nel frattempo, il vento stava lentamente diradando il fumo. C'erano già alcuni ragazzi pronti a salire a bordo. Facendo un calcolo veloce, alcuni di noi sarebbero dovuti restare a terra e aspettare un altro elicottero.

Lì dentro non ci saremmo mai stati in venti.

Magari stava già arrivando qualcun altro a prenderci. In quelle zone così remote era difficile distinguere gli elicotteri antincendio da quelli per il trasporto.

Per il momento, i fiumi e la fascia tagliafuoco avrebbero dovuto reggere e riuscire a contenere l'incendio. La squadra di Cade invece aveva lavorato sul lato opposto e si stavano per ricongiungere a noi.

Fred uscì dal velivolo e mi fece cenno di avvicinarmi. Un sorriso gli arricciava gli angoli degli occhi azzurri, i capelli brizzolati agitati dal vento. Un rapido saluto e poi dritto al punto. "Allora, adesso chi porto via?" chiese.

Guardai Jesse, che indicò alcuni ragazzi seduti per terra. Erano arrivati per primi, quindi avevano lavorato un giorno intero più di noi, che eravamo stati rallentati dal maltempo.

"Fai salire più gente possibile. Io aspetto qui con Jesse e gli altri," risposi.

Fred annuì e si girò a chiamarli. Poco tempo dopo, l'elicottero decollò di nuovo. Jesse decise di andare a recuperare l'attrezzatura lasciata indietro da un hotshot di un'altra squadra rimasto ferito. Niente di grave, giusto una caviglia rotta, ma sicuramente non era riuscito a trasportare un carico così pesante.

Io rimasi lì ad aspettare, sorseggiando la mia acqua e sperando che il tempo non peggiorasse.

Pochi minuti dopo, qualcuno mi chiamò. Mi girai e vidi Cade e Beck con l'aria esausta, le spalle cadenti per il peso dell'attrezzatura e ricoperti di fuliggine.

Si liberarono dei pesi e si sedettero accanto a me, quindi passai una bottiglia d'acqua a Cade.

"Quando arriva il prossimo elicottero?" domandò Beck.

Guardai il cielo, l'azzurro che spuntava oltre il fumo. "Fred dovrebbe ripassare questa sera. Fa comunque qualche chiamata in giro per controllare se c'è qualche altro pilota disponibile."

Abbassai lo sguardo sulla foresta, notando che non stava arrivando nessun altro. "Dov'è il resto della vostra squadra?" domandai.

Cade si scolò la bottiglia prima di rispondere. "Sono partiti ieri notte, mentre noi due siamo rimasti qui. Abbiamo aiutato Matt, il ragazzo che si è fatto male, e abbiamo dovuto lasciare l'attrezzatura. Quindi siamo passati a recuperarla questo pomeriggio."

"Bene, allora siamo in pochi e basterà un elicottero solo. A meno che non compaia qualcun altro."

Cade rise e scosse la testa. "No, ci siamo solo noi."

Appoggiati ai borsoni, ci riposammo in silenzio. Proprio quando iniziai a preoccuparmi per Jesse, sentii una chiamata alla radio. La presi subito per rispondere. "Sì?"

"Levi, abbiamo un problema," disse Jesse in tutta fretta.

"Ovvero?"

"Mi ha appena caricato un alce maschio. So che è assurdo, ma sono scivolato e come un idiota mi sono slogato una caviglia," rispose Jesse, più infastidito che altro.

Cade mi guardò negli occhi, imprecando sottovoce.

"Come sei messo? Devo portare qualcuno?" chiesi.

"Non penso. Non riesco a metterci troppo peso sopra, ma senza zaino e motosega riesco a muovermi."

"E l'alce dov'è?" domandai.

Jesse scoppiò a ridere. "È fuggito quando ho acceso la motosega per spaventarlo."

"D'accordo, arrivo subito."

Mi alzai e guardai Beck e Cade. "Se dovesse arrivare Fred contattatemi subito via radio. Ma dovremmo riuscire a tornare prima che faccia buio. Vi farò sapere quando ci muoviamo."

Li salutai e me ne andai. Ero quasi tentato di lasciare l'attrezzatura, ma sarebbe stato da stupidi. Jesse sarà stato a circa un chilometro di distanza e l'incendio era piuttosto lontano, ma il vento era cambiato di nuovo.

Quella breve pausa era stata sufficiente e mi sentivo fresco come una rosa. Un hotshot doveva essere pronto a tutto, perfino a lavorare in condizioni estreme senza mai fermarsi. A passo svelto, arrivai da Jesse in pochi minuti. Era esattamente dove mi aveva detto, seduto per terra con la motosega appoggiata allo zaino. Mi guardò con un sorriso.

"Bella scusa per farti camminare un po', non trovi?" commentò con un sorriso.

"Fa molto male?" domandai con una risata.

Si strinse nelle spalle. "Male, ma non troppo."

Gli porsi la mano e lo aiutai a rialzarsi, notando che si era già fasciato la caviglia. Prima di incamminarci, mi misi in spalla anche il suo zaino e raccolsi la motosega.

Jesse avanzava a passo lento ma costante. Dopo una decina di minuti, il vento cambiò per l'ennesima volta direzione, portando alle nostre orecchie il rumore di zoccoli. Lanciai un'occhiata a Jesse.

"Spero proprio non sia un altro alce," commentai, speranzoso.

Mi guardò, con un'alzata di spalle. "Probabile lo sia. Fai partire la motosega, per sicurezza."

Prima che potessi farlo, tre alci sfrecciarono davanti a noi, tra cui un maschio furente con un imponente paio di corna.

Smise di inseguire le due femmine e si voltò verso di noi, iniziando a sbuffare e scalpitare.

Accesi la motosega, ma questa volta il trucchetto non funzionò. L'alce sbuffò di nuovo, continuando ad avvicinarsi. In generale, non erano animali aggressivi. Fatta eccezione di una madre che protegge i cuccioli e dei maschi durante la stagione degli amori. Essendo miopi, era anche fin troppo facile spaventarli.

Mi guardai intorno. L'alce ci stava bloccando la strada. Con Jesse in quelle condizioni, una deviazione era fuori discussione e ormai eravamo a metà strada.

Contattai Cade con la radio. "Ehi, abbiamo trovato un altro alce pericoloso. Probabilmente faremo tardi, quindi se Fred arriva non aspettateci."

"Stavo giusto per chiamarvi," rispose Cade. "Abbiamo sentito Fred poco dopo la tua partenza. È appena atterrato un altro elicottero, sicuro?"

Guardai l'alce, che sembrava più tranquillo ma ancora non si era mosso.

"Il pilota quanto potrebbe aspettarci?"

Cade rispose dopo qualche secondo, "Dice una mezz'oretta."

"Ricevuto. Adesso provo a risolvere la situazione. Passo e chiudo."

Guardai Jesse. Per queste missioni dovevamo sempre partire armati, perché nella natura selvaggia dell'Alaska il pericolo era sempre dietro l'angolo. Quella zona era territorio di grizzly e alci. Più a nord vivevano gli orsi polari e più a sud gli orsi bruni, i cugini più grossi dei grizzly. Dovevamo trovare un modo per riportare l'attenzione di quell'alce sulle femmine.

Jesse mi afferrò per la spalla. "Girati, così posso prendere il fucile."

Voltai la testa e lo vidi caricarsi l'arma sulla spalla. "Stai attento."

Annuì. "Certo, sparo solo un colpo di avvertimento."

Ma nonostante gli spari e la motosega, l'alce non sembrava intenzionato a muoversi. Alla faccia nostra, iniziò a mangiucchiare tranquillamente delle foglie di ontani.

Capitolo Ventinove

LUCY

Guardai sconvolta mia madre, seduta davanti a me. Visto che non mi facevo viva da settimane, mi ero sentita in dovere di invitarla al Firehouse per rimediare. Il suo ultimo commento mi aveva lasciata letteralmente senza parole. Nonostante avessi parlato di Levi soltanto con Amelia, se ne era uscita di colpo con un apprezzamento su di lui.

Nel panico più totale, ricordai che era amica della madre di Levi. Che sollievo.

"Mamma, Levi è solo..."

Stavo per dire che era solo un amico, ma non me la sentivo di mentirle e sorvolai. "Non mi va di parlare di uomini."

Ops, troppo diretta e stizzita?

Gli occhi azzurri di mia madre incrociarono i miei. "Lo so. E sospetto sia tutta colpa mia."

Le lanciai un'occhiata confusa. "In che senso?"

"Beh, io e tuo padre non ti abbiamo di certo dato un buon esempio di relazione. Non voglio ficcare il naso nei tuoi affari, sai. Capisco benissimo perché hai deciso di allontanarti e ormai mi sono messa il cuore in pace. Ho nominato Levi soltanto perché Gloria mi ha detto di averti conosciuta. Le hai lasciato proprio una bella impressione." Un lieve sorriso le incurvò le labbra "Sai, secondo lei Levi è innamorato di te."

Il cuore prese a battermi all'impazzata, così forte da rimbombarmi nelle orecchie. Desideravo con tutta me stessa che Levi mi amasse, perché avevo perso completamente la testa per lui.

Ma quei sentimenti così intensi e profondi mi spaventavano da morire. Quando fosse tornato, avrei trovato il coraggio di dirgli che sentivo il bisogno di allontanarmi da lui. Il mio cuore non avrebbe retto ancora per molto, ma non potevo andarmene subito perché dovevo prendermi cura di Cri. Esatto, stavo rimanendo in quella casa soltanto per il criceto, niente di più. Per quanto mi facesse male ammetterlo, ormai il mio cuore aveva raggiunto il punto di non ritorno. Levi mi mancava così tanto da star male.

Quella mattina mi ero svegliata avvolta dal suo profumo sulle lenzuola. Ero talmente disperata che qualche giorno prima avevo telefonato in caserma per chiedere a Maisie se avesse notizie sul loro ritorno. Sicuramente aveva iniziato a sospettare qualcosa anche lei.

Con la testa fra le nuvole, mi dimenticai di rispondere a mia madre, quindi continuò. "Sai che ti rispetto davvero tanto. Sei la donna che avrei voluto essere da giovane. So che non è una scusa sufficiente, ma sono rimasta incinta a diciassette anni. Non sapevo niente della vita, non sapevo cosa fare. Sapevo soltanto che ti amavo come nient'altro al mondo. Purtroppo tuo padre era una persona terribile, un uomo violento, possessivo e..." Si fermò per fare un respiro profondo.

"E uno stronzo. Non sai quanto avrei voluto essere forte quanto te. Avrei dovuto lasciarlo ancora prima che nascessi."

Le sue parole mi colpirono così duramente da lasciarmi senza fiato. La guardai, rimasta senza parole.

Senza commentare il mio stato di shock, continuò, "Non voglio farti la paternale, credimi. Ti voglio un bene dell'anima e ti auguro soltanto il meglio. Il tuo passato ti ha reso la persona che sei adesso. Capisco i tuoi timori, ma non tutti gli uomini sono come tuo padre. Ci sono tanti bravi ragazzi a questo mondo e spero che tu possa trovare qualcuno di speciale. Levi è un brav'uomo. Se ti ama davvero, secondo me dovresti dargli una chance. Non solo per lui, ma per te stessa."

Mandai giù il groppo alla gola, sentendomi soffocare da un vortice di emozioni inarrestabile. Non era un argomento che avrei mai pensato di discutere con mia madre. A Willow Brook, il nostro rapporto era sempre stato pacifico ma distante. Prima di allora, era troppo succube di mio padre per interessarsi a me. Non la pensavo così pronta a parlare apertamente della mia infanzia e dei suoi errori.

Senza commentare la mia espressione esterrefatta, mi guardò con affetto.

"Se potessi tornare indietro e cambiare tutto, lo farei," disse piano.

Ancora troppo sorpresa per parlare, la guardai dritta negli occhi. Dopo qualche istante, riuscii a riprendere il controllo su me stessa.

"Non mi aspettavo l'avresti mai detto," commentai.

Bevve un sorso di caffè e annuì lentamente. "Posso immaginare. L'imbarazzo mi ha seguita per anni, finché non ho capito che il passato non può essere cambiato e che devo concentrarmi sul futuro. Non mi aspetto certo che il nostro rapporto cambi dal giorno alla notte, ma voglio provare a essere più onesta nei tuoi confronti. Non sai quanto mi ha resa felice sentire Gloria che parlava di te e Levi. Però ti conosco, quindi ho iniziato a preoccuparmi. So che sei una donna forte, che hai chiuso il tuo cuore sottochiave. Non ti sto chiedendo di aprirlo per me, ma ti prego, non allontanare tutti gli altri."

Le sue parole mi colpirono nel profondo.

Per qualche miracolo ero riuscita a mantenere la calma, sfiorando di poco la crisi di nervi. Finita la pausa pranzo, ci scambiammo addirittura un abbraccio.

Da ragazzina follemente innamorata quale ero, quella notte decisi di dormire nel letto di Levi. Avevo bisogno di sentirmi almeno un po' più vicina a lui. Le avevo provate tutte per soffocare definitivamente quei sentimenti che tanto odiavo, ma ormai ci avevo rinunciato. Non riuscivo a pensare ad altro che lui e mi mancava da impazzire.

———

Amelia era sempre puntuale per il lavoro, ma la mattina seguente non la trovai al cantiere. Strano, di solito mi avrebbe avvertita in caso di ritardo. Provai a telefonarle, ma non rispose. L'angoscia mi chiuse lo stomaco. Invece di iniziare a lavorare come avrei fatto qualunque altro giorno, ebbi un brutto presentimento. Feci dietrofront e andai in ufficio.

Trovai Amelia seduta alla sua scrivania, con pile di progetti davanti e gli occhi rossi dal pianto.

"Che succede?" chiesi appena entrata.

"Ieri sera l'elicottero di Cade non è rientrato a Fairbanks," disse piano, con voce fievole e inespressiva.

Mi si bloccò il cuore in gola. "Ci sono notizie su Levi?" non esitai a chiedere.

Scosse tristemente la testa. "No, mi hanno appena chiamata, per questo non sono riuscita a dirtelo prima."

Mi buttai sulla sedia davanti a lei, cercando con tutte le mie forze di non perdere il controllo. Il mio cuore sembrava sul punto di frantumarsi e non riuscivo a respirare.

"Cosa sappiamo?" chiesi, con cautela.

"Solo quello che ti ho detto," rispose Amelia, lo sguardo vacuo.

"Chiamiamo Maisie," proposi.

Essendo la centralinista di Willow Brook, doveva per forza sapere qualcosa.

Mi allungai sulla scrivania, composi il numero di Maisie sul telefono e misi il vivavoce.

Rispose praticamente subito. "Scommetto che volete notizie su Cade e Levi. Stavo giusto per telefonarvi, ragazze."

Col cuore a mille e lo stomaco in subbuglio, fissai intensamente il telefono, come se potesse risolvere esso stesso il problema.

"Che puoi dirci?" chiesi, guardando Amelia.

Maisie mise il turbo. "Ho appena sentito Beck, lui e Cade stanno bene. Amelia, lo sapevo che saresti entrata nel panico. Ieri sera hanno dovuto aspettare a lungo Jesse e Levi, quindi alla fine si è alzato il vento e si è fatto buio. Invece di tornare fino a Fairbanks sono atterrati in una radura, dove hanno poi passato la notte. Il pilota ha avvertito la base, ma nessuno ha pensato di contattarci. Sono già in viaggio, mentre un altro elicottero sta andando a prendere Levi e Jesse. Però stamattina non si sono ancora fatti sentire.

Amelia tirò un sospiro di sollievo, mentre io non riuscivo più a trattenere le lacrime.

"Lucy? Tutto bene?" chiese Maisie, giustamente confusa.

Il mondo mi stava cadendo addosso. Ormai avevo capito da giorni di essermi innamorata di Levi, ma non avevo avuto il coraggio di confessarglielo. Come se non bastasse, la nostra ultima telefonata era stata un disastro. E in quel momento non sapevo nemmeno dove fosse o se stesse bene.

Amelia prese in mano la situazione, visto che io non riuscivo a smettere di piangere. "Ehm, diciamo che Lucy e Levi hanno una storia."

"Lucy e Levi?" domandò Maisie, sorpresa.

"Già, e va avanti da un po'." Amelia incrociò il mio sguardo, con un'alzata di spalle. "So che dovrei tenere la bocca chiusa, ma è una situazione particolare."

"Tranquilla," replicai, singhiozzando.

"Maisie, quanto ti ci vuole per scoprire dove sono?" le chiese, molto più tranquilla e serena di prima.

Maisie rispose con la sua solita voce pacata da centralinista, abituata a mantenere il controllo in qualsiasi situazione. L'avevo sentita così tante volte in caserma e non avrei mai immaginato che un giorno l'avrebbe usata anche con me. Il tono della mia amica riuscì a sciogliermi i nervi.

"Abbiamo l'ultima posizione che ci hanno dato. Però in quella zona il segnale è pessimo e secondo noi si sono scaricate le batterie delle loro radio. Sono convinta che stiano bene," mi assicurò.

Poi continuò a parlare con Amelia, ma io ormai avevo la mente da tutt'altra parte. All'improvviso, Amelia mi portò in macchina e mi accompagnò dai genitori di Cade. Mi sentivo in una bolla, completamente fuori di me.

"Che ci facciamo qui?" le chiesi, guardandola.

"Aspettiamo qui con loro. È sempre il posto perfetto perché suo padre è il capo della polizia e lo tengono aggiornato su tutto. Ha un amico alla centrale di Fairbanks," spiegò.

Feci per protestare, ma Amelia mi ignorò completamente. La seguii in casa, sentendomi assolutamente a disagio e in imbarazzo per le mie condizioni.

C'erano anche Gloria e Brad, ma la cosa non mi sorprese. Willow Brook era un piccolo paesino dove tutti si conoscevano. Senza perdere neanche un secondo, la madre di Cade mi passò una tazza di caffè e iniziò a preparare la colazione.

Gloria mi strinse dolcemente la mano. Erano tutti affaccendati e chiacchieravano tra loro mentre Georgia serviva caffè e da mangiare. Anche se non avevo molta fame, insistette per darmi un piatto di uova strapazzate e pane tostato. Il padre di Cade chiamò dalla stazione di polizia per informarci che il localizzatore di Levi e Jesse era ancora attivo. Grazie al cielo, erano esattamente dove avrebbero dovuto essere.

A causa di scarsa visibilità, l'elicottero per il recupero non sarebbe potuto partire prima del tardo pomeriggio. Durante la notte c'era stato un acquazzone, una manna dal cielo per l'incendio, ma un problema per Levi e Jesse. Sicuramente avevano entrambi le radio scariche. Io non mi ero mai sentita così a pezzi, così terribilmente angosciata da non riuscire neanche a respirare. Gli altri invece, sembravano tutti piuttosto tranquilli e proprio non riuscivo a capacitarmene.

Soltanto in quel momento realizzai come doveva essersi sentita Amelia tutte quelle volte che Cade partiva in missione per settimane, nel bel mezzo del nulla. Ero terrorizzata, lo stomaco chiuso e il cuore pesante come piombo.

Nella disperazione più totale, avrei fatto qualsiasi cosa per sentire la voce di Levi. Ma soprattutto, avrei voluto cancellare quell'ultima terribile conversazione. Perché, perché mi ero lasciata trasportare dalla rabbia? Non ero più una ragazzina stupida.

Non potevo più aspettare, dovevo confessargli i miei sentimenti. Che li ricambiasse o meno non mi importava neanche.

Incrociai lo sguardo di Gloria e mandai giù il doloroso groppo in gola. Era ormai da più di un'ora che la mia sanità mentale era appesa a un filo.

Gloria mi strinse di nuovo la mano prima di lasciarla andare. "Sta bene."

L'assoluta sicurezza del suo tono di voce mi sembrò assurda.

"Come fa ad esserne tanto sicura?" domandai.

I suoi occhi perspicaci e svegli studiarono i miei. "Me lo sento. Ovviamente so che potrei sbagliarmi, ma conosco mio figlio e dentro di me mi sento tranquilla. È un uomo pieno di risorse e non è da solo. Se la caveranno. Hai sentito, no? Sono lontani dalla zona dell'incendio e la pioggia di ieri notte ha aiutato a domarlo. Sono fuori pericolo e sono comunque armati per ogni evenienza. Perché ti dico che stanno bene? Lo deduco dalle informazioni che mi sono state date, quindi sono un po' più serena."

Sentii l'angolo della bocca incurvarsi leggermente all'insù. Volevo crederle con tutto il mio cuore. Una lacrima mi scivolò sul viso e Gloria mi porse un fazzoletto.

"Ne sembra così convinta," mormorai, asciugandomi la guancia.

"Perché le mie convinzioni si basano su prove reali. Pensare al peggio quando non è necessario fa male."

Si fermò a bere un sorso di caffè, mentre io continuavo a spostare le uova nel piatto con la forchetta, incantata. La voce di Gloria mi riportò alla realtà.

"Credo che Levi sia innamorato di te."

Il cuore iniziò a martellarmi con forza nel petto, aggrappandosi con forza alla speranza che fosse vero.

"Come mai?" le chiesi.

L'aveva già detto a mia madre, ma ero curiosa di ascoltare le sue motivazioni. Anzi, morivo dalla voglia di saperlo.

Sorrise dolcemente, inclinando la testa di lato. "Dal modo in cui ti guarda e da come parla di te. Lo conosco bene. È un bravo ragazzo, e non lo dico perché sono sua madre. Sei la prima donna che abbia mai portato a cena da noi."

Sbarrai gli occhi per lo shock, strappandole una risata.

"Eh, già! Non lo sapevi? Diciamo che Levi è sempre stato molto riservato. Ha frequentato qualche ragazza, ma non me ne ha mai parlato, sinceramente. E soprattutto non aveva mai portato nessuno a casa, quindi per lui sei senza dubbio una persona molto importante. Ma non è solo quello. Ti guarda con occhi colmi d'amore e quando ci sei tu diventa un'altra persona. Ti ama davvero."

Ero rimasta letteralmente a bocca aperta e me ne resi conto soltanto dopo qualche secondo. Non sapevo nemmeno se si aspettasse una risposta, ma ormai non riuscivo più a tenere dentro ciò che avevo cercato di nascondere perfino a me stessa fino a quella mattina.

"Lo amo anche io," replicai. "E ho paura che possa essergli successo qualcosa."

Guardandomi dritta negli occhi, annuì lentamente. "È terrificante, vero? Innamorarsi, intendo. Capisco perché sei così preoccupata. Fidati, lo sono anche io. Ma credo che andrà tutto bene. Quindi stringi i denti e sono sicura che presto potrai dirglielo di persona."

Capitolo Trenta

LEVI

Un corvo volò sopra le nostre teste, lanciando un richiamo a cui rispose un altro nascosto tra le fronde degli alberi. Mi passai la manica sul viso e guardai Jesse. La sera prima eravamo riusciti a liberarci di quel fastidioso alce, ma ormai era troppo tardi per tornare a Fairbanks. Avevamo passato la notte nei boschi e stavamo aspettando l'elicottero in una radura. Sarebbe dovuto arrivare a breve. *Sarebbe*. Avevamo sia radio che cellulari completamente scarichi. La batteria di riserva che portavo sempre con me ci aveva abbandonati la notte prima.

Jesse non se la stava passando bene, ma cercava di non darlo a vedere. Però per fortuna non era niente di troppo grave. La caviglia era gonfia e con qualche graffio dovuto alla caduta, ma si trattava di una semplice distorsione. Meno male che avevamo dietro una scorta di ibuprofene.

Dopo aver finito di masticare la barretta, lo guardai e gli passai il thermos di caffè. Da mangiare non ci era rimasto molto, ma avevamo fatto più caffè possibile sul fornello da campeggio.

"Secondo te quando arrivano?" chiesi.

La radura in cui sarebbero venuti a prenderci distava qualcosa come cinquecento metri dalla zona in cui avevamo passato la notte. Bevendo un sorso di caffè, si strinse nelle spalle e mi guardò.

"Non saprei. Stamattina il cielo era piuttosto nuvoloso, ma questo pomeriggio dovrebbe aprirsi."

"Come va la caviglia?"

Fece di nuovo spallucce. "Eh, fa male, ma poteva andarmi molto peggio."

Raccolsi invano la radio da terra. La notte prima era morta la batteria perché l'avevo lasciata accesa. Quella di Jesse, invece, era finita in un fiume e non era riuscito a recuperarla in tempo.

Probabilmente la nostra squadra non era preoccupata per noi, sapendo che eravamo preparati per passare una notte da soli nel bel mezzo del nulla. Però Lucy si insinuò tra i miei pensieri. In fondo era sempre lì, ben ancorata alla mia mente. Morivo dalla voglia di tornare a casa da lei, sperando di mancarle quanto lei mancava a me.

Senza riuscire a dormire, la notte prima avevo riflettuto sulla nostra ultima conversazione. Sapevo di dover mettere da parte orgoglio e frustrazione, realizzando che per una donna come lei doveva essere stato terribile aprirsi a qualcuno in quel modo. Le avrei dato tutto il tempo di cui aveva bisogno perché valeva la pena aspettarla.

Poggiai la testa sul borsone, con lo sguardo puntato verso il cielo. Finalmente il sole stava facendo la sua comparsa dietro le nuvole. La pioggia della notte prima aveva sicuramente aiutato a contenere l'incendio. Qualche altra giornata così sarebbe stata l'ideale, ma ci serviva giusto una pausa per potercene andare in volo.

Un altro corvo gracchiò poco distante. Mi voltai e vidi il piumaggio nero tra le foglie di un abete rosso. Quella zona era stata risparmiata dal fuoco, quindi la vegetazione era ancora verde e lussureggiante. Il vento trasportò l'odore di legna bruciata. L'incendio stava devastando la foresta ormai da settimane. Ma durante l'estate succedeva spesso, lì in Alaska. Finivano sul telegiornale soltanto quando costituivano un pericolo per le comunità della zona, mentre quelli più remoti bruciavano per settimane all'insaputa di tutti. Nelle zone a rischio, ci occupavamo di rimuovere la vegetazione con incendi controllati, per prevenire disastri.

Il corvo si alzò in volo per atterrare a qualche metro da noi, probabilmente attirato dalle briciole lasciate il giorno prima dai ragazzi che stavano aspettando l'elicottero. Erano rimasti lì a lungo, stanchi e affamati, a sgranocchiare gli ultimi snack.

Dopo aver beccato il suolo per un po', il corvo zampettò più vicino. Altri due uccelli corvini planarono al suo fianco, senza curarsi della nostra presenza. Li osservai incuriosito mentre ripulivano l'erba da tutte le briciole. Ammirai il panorama, cullato dal suono dell'acqua del fiume che scrosciava sulle rocce. Quella zona dell'Alaska era di una bellezza austera, il paesaggio una combinazione di dolci colline e tundra pianeggiante. Un'aquila sorvolò le nostre teste, il suo grido acuto che spezzava l'aria.

Presi una boccata di aria fresca e pura, sognando di farmi una doccia calda. Gli hotshot erano abituati a non lavarsi per giorni, soprattutto in mancanza di fiumi e laghi, ma ormai stavo diventando sempre più impaziente. Ma soprattutto, morivo dalla voglia di rivedere Lucy, sperando con tutto me stesso che avesse deciso di darmi un'altra chance.

———

Qualche ora dopo, potei finalmente ammirare il panorama dal finestrino dell'elicottero. Le nuvole ci avevano dato tregua e Fred ne aveva approfittato subito per venire a recuperarci. Il tempo stava di nuovo peggiorando, ma secondo le sue previsioni saremmo dovuti atterrare in tempo. E meno male. Jesse aveva assolutamente bisogno di cure mediche e Lucy mi mancava da morire, quindi non vedevo l'ora di tornare a casa.

Tirai fuori il telefono, fissando lo schermo nero. Ormai era scarico da giorni, ma per fortuna Fred aveva già informato la centrale che stavamo entrambi bene. Avrei tanto voluto poter parlare con Lucy, ma non ne avevo proprio modo. O almeno, non ancora. Con un sospiro, misi via il telefono e poggiai la testa al sedile, chiudendo gli occhi.

"Cosa ti ha fatto il tuo telefono? Perché sei arrabbiato?" chiese Jesse, seduto alle mie spalle.

Aprendo gli occhi, mi voltai e incrociai il suo sguardo perplesso. "Vorrei chiamare i miei genitori e Lucy, ma è scarico."

Un rapido lampo di confusione passò nei suoi occhi. "Oh, giusto. La stai ospitando da te. Beh, tra un po' arriviamo a Fairbanks e puoi telefonare a chi vuoi."

Probabilmente feci una faccia strana perché sollevò un sopracciglio, con sospetto. "Ok, forse mi sono perso qualcosa. Tu e Lucy non siete soltanto amici?"

Per un istante fui quasi tentato di non dire nulla, ma fanculo, non potevo continuare a mentire a tutti.

"Direi di no. Anzi, no. Per me è più di un'amica," risposi. "E spero tanto che ricambi i miei sentimenti."

Un sorriso apparve sul suo volto, seguito da una risata. "Lucy Caldwell. Ahia, bella tosta, eh."

"Oh, fidati, lo so," risposi, ripensando alla nostra ultima conversazione.

Mi voltai verso il finestrino, mentre le montagne poco distanti da Fairbanks prendevano il posto della distesa di foreste. L'elicottero toccò terra pochi minuti dopo e finalmente arrivammo in caserma. Dopo essere passato dai miei ragazzi e aver portato Jesse dal team medico, trovai Cade e lo raggiunsi.

"Posso usare il tuo telefono?" chiesi, senza nemmeno salutare.

Mi lanciò un'occhiata confusa, quindi aggiunsi, "Il mio è completamente scarico, quindi non posso chiamare."

Me lo passò, ridendo. "Fammi indovinare, vuoi chiamare Lucy, eh? Amelia l'ha portata dai miei. Ho già telefonato per far sapere a tutti che stai bene."

Cercai il numero di Lucy, senza sentire neanche una sua parola. Rispose dopo un solo squillo.

"Pronto?" disse, la voce scossa.

"Ciao, tesoro."

"Levi?" chiese con voce acuta, pronunciando il mio nome in un soffio.

Per fortuna, quel "tesoro" non sembrava averle dato alcun fastidio. Scoppiai a ridere. "Certo. Chi pensavi che fosse?"

"Beh, mica è il tuo numero. E perché ridi? Ero terrorizzata a morte."

"Ehi, pensavo che Cade vi avesse fatto sapere che non mi è successo nulla."

Inaspettatamente, la Lucy forte e orgogliosa che conoscevo crollò.

Ero talmente abituato a sentirla maledirmi e insultarmi che le sue lacrime mi lasciarono letteralmente senza parole.

Dopo un momento, rinsavii. "Tutto bene, Lucy?"

"No, che non va tutto bene! Ed è tutta colpa tua," disse tra un singhiozzo e l'altro, il respiro tremolante. "Ti amo e..." Si fermò di nuovo per tirare su col naso.

"Lucy, Lucy," riuscii a dirle. Mi stava per scoppiare il cuore e quasi non riuscivo a credere alle mie orecchie.

"Che c'è?" chiese.

Posò il telefono e si soffiò rumorosamente il naso. "Scusami, non ce la facevo più," spiegò, col fiato corto.

"Prima ho sentito bene?" domandai, dopo qualche secondo di silenzio.

"Quale parte?"

"Quella in cui hai detto che mi ami. Perché io ti amo, quindi..."

Riprese a singhiozzare e scoppiò a piangere. Di nuovo.

"Mi hai sentito benissimo. Ti amo," disse ansimando, tra le lacrime. "Scusami se l'altro giorno ho incasinato tutto. Sono solo troppo felice che non ti sia successo niente. Altrimenti mi sarei proprio arrabbiata." Fece un respiro tremolante e riuscivo a sentire le rotelle del suo cervello in movimento. "Ti ho vomitato addosso tutto il mio passato. Se vuoi parlarne..."

"Soltanto se lo vuoi anche tu. Ammetto che non mi ha fatto piacere sentirmi chiudere il telefono in faccia, ma ti ringrazio per avermi detto tutto. Per il momento non ci pensiamo, avremo un sacco di tempo per parlarne."

Dopo qualche secondo di silenzio, sospirò piano. "Va bene. Però mi manchi. Quando torni a casa? Mi sa che manchi pure a Cri."

Risi, con il cuore così pieno di gioia che rischiava di scoppiare. Ero lercio, esausto e a centinaia di chilometri di distanza da lei, ma non mi ero mai sentito tanto felice.

Quanto avrei voluto averla lì con me.

"Quando torni a casa?" ripeté.

"Ancora non lo so," risposi con una risata.

In realtà ero corso da Cade senza neanche controllare i programmi per la mia squadra. Per fortuna però non si era allontanato troppo. "Ehi, per caso sai quando torniamo a casa?" gridai, per farmi sentire.

Cade scosse la testa, quindi informai subito Lucy. "Ma appena scopro qualcosa ti chiamo, va bene?"

Sentii il mio nome e mi voltai. Alle mie spalle c'era uno degli altri capisquadra che mi stava facendo cenno di avvicinarmi.

"Lucy, adesso devo andare. Stai meglio?"

"Mmh. Ora sto bene. Giusto un po' scossa," disse tirando su col naso.

Sentirla piangere mi stava distruggendo, soprattutto perché non potevo essere lì con lei a consolarla.

"E non preoccuparti, Cri sta benissimo," aggiunse, con una risatina.

Sentirla ridere era proprio quello di cui avevo bisogno per mettermi il cuore in pace. Risi con lei. "Non ero affatto preoccupato. So che lo vizi peggio di me con le carote."

Le strappai un'altra risata. "Dai, non voglio trattenerti oltre."

Strinsi forte il telefono perché non volevo smettere di parlarle. Cade mi diede una pacca sulla spalla. "D'accordo allora. Ci sentiamo quando so qualcosa." Feci una pausa, indeciso se aggiungere le parole che però poi mi sfuggirono comunque dalle labbra. "Mi manchi."

Per un istante temetti non avrebbe risposto, ma poi lo fece. "Anche tu. Chiamami presto."

———

Tre lunghi giorni dopo, attraversai il parcheggio della caserma e salii in macchina, ansioso di tornare a casa da Lucy. Purtroppo non ero riuscito a tornare a Willow Brook il giorno stesso in cui Fred ci aveva riportati a Fairbanks. C'era la possibilità che ci rimandassero in campo per un'altra rotazione, quindi dovevamo aspettare. Non mi ero mai sentito tanto impaziente e irritato in vita mia. Però per fortuna la pioggia incessante era riuscita a placare l'incendio, mandandoci tutti a casa. Eravamo stati informati del nostro ritorno soltanto quella mattina.

Non mi ci volle molto ad arrivare. Quando vidi il pick-up di Lucy parcheggiato davanti a me, iniziò a battermi forte il cuore. Mi fermai e scesi dall'auto, per correre sugli scalini. Quando aprii la porta, venni accolto dalle curve rigogliose del suo fondoschiena, mentre era piegata a controllare qualcosa nel forno.

Mi venne subito duro. Non vedevo l'ora di sentire la sua pelle nuda contro la mia, ma più di tutto il resto sentivo il bisogno di abbracciarla forte e perdermi in lei. Mi chiusi la porta alle spalle e Lucy sobbalzò. Si voltò e sbarrò gli occhi per la sorpresa, con un sorriso sulle labbra. Aveva i capelli raccolti alla bell'e meglio in una coda di cavallo e indossava un grembiule con l'immagine di un alce.

Trattenne il fiato come mi avvicinai, arrivando di fronte a lei in un lampo. Le studiai il volto, soffermandomi sugli occhi azzurri leggermente sbarrati, le guance rosse e le labbra, cazzo quelle labbra, così magiche da farmi perdere la testa.

Non esitai un secondo di più e reclamai quella sua bocca deliziosa con la mia. Cercai di prenderla con calma, baciandola con passione e senza alcuna fretta. Ma quando aprì la bocca con un sospiro e la sua lingua trovò la mia, persi ogni briciolo di autocontrollo.

Con un grugnito le passai una mano tra i capelli, mentre con l'altra le accarezzavo la schiena fino a palparle il sedere sodo e spingerla verso di me. Lanciai via il grembiule e le abbassai con un colpo secco i leggings. Come una calamita, le mutandine di cotone attirarono subito la mia mano. Era già bagnata e calda per me. Con un gemito, si staccò dalle mie labbra.

"Levi..." ansimò.

"Mmh," mormorai, tracciandole la curva del collo con la lingua.

La sollevai per i fianchi e la feci scivolare sopra il bancone. Portai leggermente indietro la testa per guardarla dritta negli occhi. "Mi sei mancata."

L'aria si caricò di elettricità mentre reggeva il mio sguardo. Sollevò una mano e mi sfiorò delicatamente le labbra. "Mi sei mancato anche tu." Fece un respiro profondo e un sorriso malizioso le incurvò le labbra. "Adesso liberiamoci di questi," disse slacciandomi i jeans e sfilandomi la maglietta.

Finimmo di spogliarci e la posai di nuovo sul bancone.

Non riuscivo a pensare ad altro che alla sua mano avvolta attorno alla mia erezione. Un desiderio sfrenato mi pervase, il cuore batteva così forte da rimbombarmi nelle orecchie.

Mi aggrappai all'ultimo briciolo di autocontrollo. La bramavo così tanto da esserne completamente sconvolto. Le emozioni erano così forti da travolgermi come un fiume in piena. Era stato proprio l'impeto di quell'attrazione e spingermi verso di lei. Ma tra di noi c'era molto di più. Eravamo legati da una connessione unica, da una rete di intimità che ci avvolgeva sempre più stretti.

Ripensai ai tempi in cui faceva di tutto per rifiutare le mie avances e starmi lontana, mentre i suoi occhi rivelatori nascondevano un profondo desiderio sotto un velo di rabbia. Quando si lasciava andare, l'azzurro dei suoi occhi si trasformava in un profondo blu tempestoso e, quando abbassava la guardia, vi si poteva scorgere anche qualche traccia di vulnerabilità.

Mi guardava trattenendo il fiato, il battito del cuore che le pulsava nel collo, la pelle arrossata dalla passione. Mi cinse tra le sue gambe, continuando a masturbarmi. Ce l'avevo talmente duro che la leggera pressione della sua mano mi stava facendo impazzire. Le spostai una ciocca ribelle dal viso e catturai di nuovo le sue labbra.

Poi le feci scivolare una mano tra le gambe per accarezzarla. Quando mi fermai gemette il mio nome, sporgendo i fianchi verso di me con desiderio. Afferrai il membro pulsante e lo feci scivolare sulla sua eccitazione.

Mi lanciò un'occhiataccia. "Smettila di stuzzicarmi," ordinò, spingendo con forza il bacino contro il mio.

Senza esitare un secondo di più, obbedii e affondai dentro di lei. Avvolto dai suoi umori e dal suo calore, dovetti fare appello a tutto il mio controllo per non venire subito. Sprofondai la testa nella curva del suo collo, il profumo muschiato mi inondò le narici.

"Ti amo," mormorai con tono profondo, sollevando la testa.

Spalancò gli occhi e sentii il battito del suo cuore schizzare alle stelle.

Capitolo Trentuno

LUCY

Il blu intenso degli occhi di Levi sembrava penetrarmi l'anima. Non riuscivo a distogliere lo sguardo, il cuore che batteva violentemente nel petto. Le sue parole mi colpirono nel profondo. Un senso di angoscia mi attanagliò lo stomaco, quell'angoscia che conoscevo fin troppo bene. Guardandolo dritto negli occhi, feci un respiro profondo che riuscì a calmarmi. Era fermo immobile dentro di me. Ci completavamo a vicenda, fusi come fossimo una cosa sola.

"Ti amo anche io," risposi. Gliel'avevo già detto prima, ma sembrava ancora così strano sentirlo uscire dalle mie labbra.

Le parole non servivano più. Posò un dolce bacio sulle mie labbra e si ritrasse leggermente, per affondare ancora più in profondità. Un vortice di sensazioni mi pervase e l'orgasmo sembrava già fin troppo vicino, ma non volevo finisse tutto così presto.

Onestamente, non c'era niente di più bello che raggiungere l'acme del piacere insieme a lui. Erano state due lunghe settimane. Mi era mancato più di quanto volessi ammettere. La gioia e il sollievo di potermi ricongiungere a lui non facevano altro che intensificare il piacere immenso che mi scuoteva tutta.

La passione e il desiderio ci avvolgevano in un velo di intimità. Ogni spinta mi portava sempre più in alto, la pressione dentro di me stava ormai raggiungendo il limite. Levi lo sentì e iniziò a massaggiarmi il clitoride. Urlai il suo nome e l'orgasmo mi travolse con una forza che mi lasciò senza fiato, il piacere così intenso che mi accasciai tra le sue braccia.

Gridò il mio nome e si irrigidì, riversando il suo liquido caldo dentro di me. Con un grugnito soddisfatto, si rilassò e posò la testa sulla mia spalla, solleticandomi la pelle con il respiro. Inspirai profondamente, inalando il suo odore virile.

"Molto meglio delle tue lenzuola."

Ops, non pensavo di averlo detto ad alta voce. Sollevò la testa, osservandomi con aria confusa.

"Cosa c'entrano le mie lenzuola?"

Rossa in viso, mi lasciai andare tra le sue braccia, senza distogliere lo sguardo dai suoi occhi colmi di affetto e malizia. "Le tue lenzuola non hanno un profumo così buono," risposi.

Rise e mi prese tra le braccia per portarmi al piano di sopra a fare una doccia, ancora dentro di me.

Capitolo Trentadue

LUCY

Qualche settimana dopo, mi voltai a guardare Levi seduto al tavolo della cucina con Cri appollaiato sulla spalla. Lo teneva spesso così e gli dava dei pezzettini di lattuga e di carota. Trattenni una risata, con un sorriso enorme sulle labbra.

Era una scena ridicola. Vedere Levi — un hotshot sexy da morire, duro come la roccia e bello come il sole — così affettuoso con il suo cricetino avrebbe sconvolto chiunque. Senza perdere neanche un secondo, presi il telefono per scattargli una foto.

"Questa la mando a Maisie," affermai con un sorrisetto.

Levi rise. "Perché?"

"Così può girarla a tutta la tua squadra. Sei proprio ridicolo, sai?"

"Lo so." L'emozione per poco non mi fece esplodere il cuore. Mi voltai, evitando il suo sguardo. In quei giorni mi ritrovavo spesso in situazioni nuove, travolta da sentimenti sconosciuti che non sapevo come gestire

Finalmente avevo trovato il coraggio di confessargli il mio amore, ma ero sempre stata una donna indipendente, convinta di non aver bisogno di un uomo. Eppure ero ancora lì a casa di sua, incerta sul futuro.

Voltai la testa verso di lui. "Mi sa che ho trovato un appartamento in affitto," lo informai.

Iniziò a battermi forte il cuore per l'ansia, ma per fortuna nel lavello c'era qualche piatto da lavare per tenermi occupata.

Dopo un po', spezzò il silenzio. "Vieni qui."

Spensi l'acqua e mi asciugai le mani prima di girarmi verso Levi. Prese delicatamente Cri e lo posò per terra. Allungò la mano verso di me, gli occhi fissi nei miei. Prima ancora che potessi pensare a cosa fare, il mio corpo si mosse da solo e andò da lui. Mi tolse lo strofinaccio di mano e lo mise sul tavolo, attirandomi tra le ginocchia.

Il suo sguardo era cupo e intenso. L'aria si caricò di elettricità e intimità. L'attrazione e l'amore che ci guidavano erano una forza innegabile.

Mi infilò un dito nel passant dei jeans che portavo sotto una maglietta. Con l'altra mano mi accarezzò la fronte, scendendo leggero lungo la guancia.

Il suo tocca lasciò una traccia infuocata sulla pelle. Una morsa mi strinse di nuovo il cuore, anche se non aveva detto una parola.

"Che c'è?" chiesi, la voce carica di emozione. Con un nodo alla gola, non riuscii a trattenere le lacrime che mi pizzicavano gli occhi, scendendo copiose sul viso.

"Che succede?" chiese con voce roca, asciugandomi la guancia con il pollice.

Scossi con forza la testa. "Non lo so. Perché mi guardi così?"

Raccolse un'altra lacrima con le dita, lo sguardo fisso nel mio. "Lo so che ami essere indipendente, ma..." Fece un respiro profondo prima di continuare. "Ma sei la donna dei miei sogni. Sono disposto ad aspettarti per tutta la vita, ma vorrei tanto che restassi qui con me."

Il cuore prese a battermi all'impazzata, ma era una sensazione così dolce. Annuii, senza trovare le parole. Un respiro profondo riuscì a calmarmi i nervi. Sapevo di essere una donna testarda, molto testarda. Mi tornò alla mente quello che mi aveva detto Amelia qualche giorno prima. La conversazione era andata più o meno così, "Amelia, l'amore che c'è tra te e Cade è sempre stato innegabile e l'hai capito subito che è la tua anima gemella, quindi non sei dovuta scendere a nessun compromesso."

Al che aveva scosso la testa. "Un compromesso c'è sempre. Forse hai dimenticato quanto posso essere cocciuta e orgogliosa. Sai quanta rabbia covavo nel mio cuore? Non volevo sentirne ragioni. Stare da soli è più facile, è vero. Non ti senti vulnerabile, non metti a rischio il tuo cuore. Ma per amore ne vale sempre la pena."

Avevo rimuginato a lungo su quelle parole, riflettendoci a fondo. Alla fine aveva ragione, e lo sapevo.

Lo guardai dritto negli occhi, realizzando che mi aveva completamente aperto il suo cuore, mentre io non avevo ancora trovato la forza di farlo. Oh, lo amavo come non mai e volevo farlo mio, ma continuavo a pensare soltanto a me stessa.

Dopo un altro respiro profondo gli spostai una ciocca di capelli dorati dalla fronte.

"D'accordo, resto qui con te," sussurrai, il cuore a mille e sul punto di esplodere.

Il sorriso che gli aprì il volto era un raggio di sole che illuminò la stanza. Abbassò la mano e inclinò poco la testa di lato, posando un bacio delicato sulla curva del collo.

"Oh, grazie al cielo. Avrei preferito non doverti implorare in ginocchio," disse, ridendo piano.

EPILOGO

Levi

Un anno dopo

Ero con Lucy davanti al Firehouse in una fredda sera d'autunno. Amelia, Susannah e Maisie avevano preparato una festa a sorpresa, alle spalle di Lucy. La guardai, aveva i capelli raccolti in modo disordinato sulla testa, mossi dal vento.

Ci eravamo sposati giusto il giorno prima, senza alcuna cerimonia perché si era rifiutata categoricamente di organizzarla.

Avevamo avvisato tutti, senza però invitare nessuno. Amavo Lucy con tutto me stesso, così tanto che continuavo a chiedermi come avessi fatto a vivere senza di lei. Per fortuna aveva accettato subito di sposarmi, ma arrivare alle nozze era stato un vero calvario. Non voleva una cerimonia e si era rifiutata di indossare l'abito da sposa.

Avevo chiesto aiuto ai nostri amici per organizzare qualcosa tra di noi. Mentre Lucy era al lavoro con Amelia, Cade ne aveva approfittato per scambiare la batteria del suo pick-up con una scarica. Amelia, che aveva pianificato tutto nei minimi dettagli, era tornata a casa prima per lasciarla da sola. Lucy, scoprendo che la macchina non ripartiva, era stata costretta a chiamarmi per un passaggio.

Prima di raggiungere Amelia e Cade al Wildlands, come da "programmi", l'avevo convinta che dovevo passare da Janet. Arrivati alla porta, però, Lucy notò il cartello *Chiuso*.

Sbirciò dentro da una finestra e mi guardò. "Perché è chiuso e dentro ci sono *solo* i nostri amici? E i tuoi genitori? E mia madre?" chiese con un'occhiataccia, mettendosi le mani sui fianchi.

"Amelia voleva festeggiare, visto che non le hai permesso di pianificare le nostre nozze," le risposi sinceramente, prendendole la mano per attirarla a me. "Quindi stasera c'è una festa per noi."

Mi guardò per un istante e poi scosse la testa, con le guance arrossate. Affondò il viso sul mio petto e si abbandonò tra le mie braccia.

"Ma perché non mi lasciano in pace? Odio essere al centro dell'attenzione," mormorò.

Le accarezzai i capelli, spostandole una ciocca ribelle dietro l'orecchio. Le sollevai il mento con le dita e la guardai. "Perché ti vogliono bene. È una normalissima cena con amici e famiglia. Niente di esorbitante."

Sollevò lo sguardo, mordendosi il labbro. Dopo un sospiro, mormorò, "E va bene, entriamo."

———

Qualche ora dopo, con gli stomaci pieni e forse un po' troppo alcol nelle vene, ero seduto a uno dei tavoli con Lucy in grembo. Maisie ci aveva appena stracciati a poker, ma non era certo una novità.

Lucy agitò le gambe e mi colpì al polpaccio. Si girò a guardarmi, le guance rosse e un luccichio negli occhi. Era bellissima, così bella che sul momento rimasi senza fiato.

"Perdiamo sempre, perché continuiamo a provarci?" chiese, facendo scorrere un dito sul mio braccio.

Quella donna riusciva sempre a farmi impazzire. Il mio corpo reagiva a ogni suo minimo stimolo e non riuscivo a concentrarmi su altro che lei. Ricordai la sua domanda.

"Perché è divertente," risposi con una risata, prendendole la mano.

Scoppiò a ridere e guardò Maisie. "Un giorno ti batterò."

Jody si fermò al nostro tavolo e Lucy la guardò. "Vai già via, mamma?"

"Oh, sì. Mi conosci, mi piace andare a letto presto," le rispose.

Lucy si alzò per abbracciarla. Durante l'ultimo anno si erano avvicinate.

Salutammo Jody e Lucy tornò tra le mie braccia. Guardando Maisie, riprese il discorso da dove l'aveva lasciato. "Meno male che non giochiamo a soldi, altrimenti ci avresti già mandati sul lastrico."

Maisie rise e Beck sfoderò un sorriso, passandole le dita tra la cascata di ricci. Avevo il cuore gonfio di gioia, grato di essere lì insieme a lei e i nostri amici.

Cade disse qualcosa, ma ero troppo distratto dal profumo delizioso di Lucy mentre le baciavo il collo. Il suo sapore risvegliò un desiderio ardente tra le gambe.

"Levi?" ripeté Cade, per ricordarmi che non eravamo soli.

Mi voltai. "Oh, dicevi a me?"

Alzò gli occhi al cielo. "Già."

"Posso esserti utile?" chiesi.

"Ti ho chiesto solo se rivuoi la batteria del pick-up."

Lucy mi tirò un pugno alla spalla. "Lo sapevo che qualcosa non mi tornava! La batteria l'ho cambiata giusto qualche mese fa."

"Ehi, non prendertela con me. È stata un'idea di Amelia."

"Eh, certo. Altrimenti non ti saresti mai fermata qui. Non avevo altra scelta," affermò Amelia.

Lucy appallottolò un tovagliolo e glielo lanciò contro, per poi incrociare di nuovo il mio sguardo.

"Dai, ammettilo, non è stato poi così male, vero?" le domandai.

Occhi negli occhi, per un istante tutto il resto svanì. C'eravamo soltanto noi due. L'aria attorno a noi si caricò di elettricità, mentre Lucy scuoteva lentamente la testa. "No, affatto." Chinò la testa, stampandomi un bacio alla base del collo. "Ne è valsa la pena perché ti amo," mormorò.

Catturai la sua bocca con la mia e le nostre lingue iniziarono a danzare. Mi persi completamente nel momento, finché le voci attorno a noi non mi riportarono alla realtà.

Mi staccai dal bacio, sentendo l'impellente bisogno di tornare a casa e spogliarla, per averla nuda sotto di me.

"E avevi pure il coraggio di dire che *io* sono succube di mia moglie," commentò Cade.

Lo guardai con un'alzata di spalle. L'avrei urlato al mondo intero che per lei ero disposto a fare qualsiasi cosa.

Lucy disse qualcosa ad Amelia e poi mi guardò con i suoi occhi mozzafiato.

"Andiamo?" mi chiese.

"Sì."

La strinsi a me e la baciai di nuovo. Mi alzai e la presi in braccio per portarla fuori dal Firehouse, sotto le stelle che, come diamanti, brillavano nel cielo notturno.

Nel prossimo romanzo della serie Il Fuoco Della Passione:

A seguire, la storia di Susannah e Ward in Un Fuoco Devastante. La meravigliosa storia di un amore ritrovato per caso, due persone legate dal destino ma che avevano smesso di cercarsi. "Oh, cielo! Un libro fantastico, cinque stelle non bastano assolutamente. Consiglio a tutti." Non perderti la storia di Ward!

Prenota usando 1-Click: Un Fuoco Devastante

L'AUTORE

J. H. Croix, autrice bestseller americana, vive con il marito e due cani molto viziati in una piccola cittadina del Maine. Croix scrive romanzi contemporanei da capogiro, con eroine grintose e maschi alfa che non hanno paura di mettere a nudo le proprie emozioni. Il suo amore per i borghi suggestivi e i loro abitanti traspare dalla sua scrittura. Lasciatevi trasportare nel mondo turbolento dei suoi romanzi bestseller!

jhcroixauthor.com
jhcroix@jhcroix.com

www.ingramcontent.com/pod-product-compliance
Lightning Source LLC
Chambersburg PA
CBHW070936190726
48292CB00004B/1207